『ベラグスコルス強奪』

マイクロ爆弾を使ったアラスカは、自身もその爆発で吹き飛ばされた。（126ページ参照）
（本巻のカバー・口絵とも、依光隆氏の旧作をハヤカワ・デザインが再構成したものです）

ハヤカワ文庫 SF

〈SF1731〉

宇宙英雄ローダン・シリーズ〈366〉

ベラグスコルス強奪

ウィリアム・フォルツ&ハンス・クナイフェル

天沼春樹訳

早川書房

6565

PERRY RHODAN
DIE DIEBE VON DER SOL
AUFSTAND DER IMMUNEN
by
William Voltz
Hans Kneifel

Translated by
Haruki Amanuma
First published 2009 in Japan by
HAYAKAWA PUBLISHING, INC.
This book is published in Japan by
arrangement with
PABEL-MOEWIG VERLAG KG
through JAPAN UNI AGENCY, INC., TOKYO.

カバーイラスト・口絵／依光 隆
カバー・口絵デザイン／ハヤカワ・デザイン

目次

ベラグスコルス強奪

ベラグスコルス強奪

ウィリアム・フォルツ

登場人物

ペリー・ローダン……………………《ソル》のエグゼク1
フェルマー・ロイド…………………テレパス
グッキー………………………………ネズミ＝ビーバー
アラスカ・シェーデレーア…………マスクの男
イホ・トロト…………………………ハルト人
オルウ
プィ……………………………………闇のスペシャリスト
フォンステルタン＝モルク…………惑星ヴォルターハーゲンの科学責任者
カリオ＝ウルク………………………同保安責任者
グライケンボルト＝ファアルク
レッガルトール＝ヴレント……同ピラミッド研究者

1

アラスカ・シェーデレーアは『地球外生物ハンドブック』のハルト人の項目を開き、ふたつの文を何度も読み返した。だが、どう読んでも、イホ・トロトが死に瀕しているのは、まちがいないようだ。

ハルト人は単性生物である。種族の一員が病死しそうな場合や事故死した場合、肉体機能をコントロールして、新しい生命を生む……

「どうにかできるとは思えないな」と、フェルマー・ロイドがいった。ふたりはテレパスのキャビンにいる。「ハルト人にも、さからえない自然法則があるんだから」

アラスカは顔をあげて、

「しかし、トロトが死ぬとは思っていないだろう？」と、いきりたった。

「トロトが本当に子供を身ごもっているなら、死ぬしかない」と、ミュータント。「ただし、これは正確な表現じゃないがね。生命の誕生は、迫る死の結果であって、その逆ではない」

マスクの男は本を閉じ、友のベッドに寝転がる。トロトの置かれた状況を知って以来、まったく寝ていない。ほかに、この件を知っているのは、ドブラクとメントロ・コスムだけだ。

「トロトを休ませなくては」と、フェルマーがつづけた。「ハルト人を見れば、このプロセスをしずかに終わらせようとしていると、だれでもわかる。この希望は尊重されるべきじゃないか？」

「で、ローダンは？」

「ただ事実だけを報告するんだな。《ソル》の全員に伝える必要もない。伝えても、奇妙な動物みたいに見られるだけだ」

「それでも、トロトが死ぬのはうけいれられない。必要な存在なんだ。なんとか食いとめる方法を探さなければ」

ロイドは眉をあげ、

「トロトは自分の秘密を守りぬいたと思っている！」

「わかっている」マスクの男はうなずいた。胸中に矛盾した感情がうずまいている。

テレパスは目を細めて、

「自分が何度も自然法則を超越してきたから、今回もそうなるはずだと思っているんだろう、アラスカ?」

「きっと成功する!」

「だめだ!」と、ミュータント部隊指揮官は大声で、「トロトの件には、関わらないほうがいい。かえって、問題が複雑になるだけだから」

「すくなくとも、わたしが知っていることを話すことはできる」転送障害者は譲らない。

ロイドはこれで会話終了と判断したらしい。立ちあがって、ドアに向かいながら、しずかに、「いまはべつの問題がある。よければ、司令室に同行してくれないか?」

シェーデレーアはミュータントに話したことを後悔した。友はもうあきらめているようだ。

ふたりでキャビンを出ると、

「ツグマーコン人だが、ダッカル次元風船の隆起に侵入しはじめた」と、テレパスが話題を変える。「《ソル》に対する危険が増している」

だが、マスクの男はそれにつきあわない。

「先に行ってくれ! ハルト人と話してから、すぐに追いかけるから」

友はまた顔をしかめたが、肩をすくめ、背を向けた。それを見送りながら、自分がミスをおかしたのではないかと考える。冷静なミュータントは、ハルト人が人類の前にあらわれた瞬間から、すべてを見てきたのだ。トロトをどうあつかうべきかも、よくわかっているだろう。そのうえで、友の個性を尊重しているのである。

だが、自分の考えは違う。トロトはだれかが真実に気づき、それについて話しあう瞬間がくるのを、待っているにちがいない。

自分もおのれの問題を、だれかと話したい。実際のところ、話すチャンスはほとんどないが。顔にはりついた危険な組織塊と、殲滅《せんめつ》スーツのおかげで、一匹狼として生きていくほかないのだ。

トロトの問題に関わると、ほかの者が自分に感じる〝とまどい〟を、追体験している気分になる。おのれの心理状態を理解しても、それにあわせて行動できるわけではない……この件を、コスムとロイドに話したわけだが、その結果、全乗員からとりのこされたような感覚が、さらに強くなった。いってみれば、ふたりは全宙航士の代表のようなものなのだ。

この船には、トロトに話しかける者は、ひとりもいない。

地球外生物に対する敬意からか？　それとも、異生物の状況に関わる意志が、欠如しているだけなのだろうか……？

肩をすくめて、近くの反重力シャフトに向かう。ハルト人はいま、《ソルセル＝1》の下部デッキ倉庫にいるはずだ。

シャフトに跳びこみ、降下しながら、いつものように顔のプラスティック・マスクをなおした。カピンの断片はバイオモル・プラストに反撥するため、プラスティック製しか使用できない。ほかに選択の余地はない。まともに断片を見た者は、発狂して死にいたる。

そこで、だれかと会う前には、マスクの位置を確認するのが、癖になっているのである……たとえ、相手がハルト人でも。

反重力シャフトを降りると、ヴァンス・コンドロームに会った。《ソル》生まれで、下部デッキの技術主任だ。

熱心すぎ、詮索好きと評判の男である。

そこで、踵《きびす》を返してシャフトにもどろうとしたが、見つかってしまった。

「シェーデレーア！」と、呼びかけてくる。ソラナーに特有の、正確なインターコスモである。「ここでなにをしているので？」

そっけなく答えようとして、考えなおす。技師はトロトの居場所を知っているはずだ。

「トロトと話をしたいんだ」と、いった。

コンドロームは両手を腰にあて、

「ローダンから、そっとしておくよう、指示が出ていますが」

「わかっている。だが、そのローダンにたのまれたんだ」

われながら、かんたんに嘘をつけるものだと思う。それだけ、この件にのめりこんでいる証拠だ。

「それなら、話はべつですね」ソラナーはまったく疑っていない。「第十七倉庫にいます。じゃまがはいらないよう、鍵をかけておきました」

「では、開けてくれ！」と、アラスカ。

コンドロームは先に立って歩きはじめた。背が高く、肩幅もひろい。ソラナーは〝自分たち〟の船内で動くのに適応して、足どりが軽い。宇宙心理学者は巨船で生まれた者が、惑星での暮らしに順応できるかどうか、疑問を提起している。実際、環境適応はすでにはじまっており、問題が生じるのはまちがいない。

技師は倉庫の前で立ちどまり、ハッチをさししめした。

「ここです！」

「よろしい」と、アラスカは、「開けてくれ！」

「なにか判明したので？」と、ソラナーが好奇心をまるだしにしてたずねる。「病気ですか？」

「まだ話せないのだ！」と、シェーデレーア。

技師は失望をあらわにしながら、ドアを開けた。

予想どおり、いっしょになかにはいろうとする。マスクの男は前に出て、

「では、またあとで、ヴァンス」と、きびしい口調でいった。「そのチャンスはあるはずだ」

コンドロームが顔をしかめる。テラ生まれの人間に、船内での行動の自由をじゃまされたことが、理解できないようだ。

命令にしたがわず、無理やりはいろうとするだろうか？

だが、杞憂《きゆう》だったようだ。アラスカが手を伸ばすと、ぎょっとして一歩後退したのである。

「ドアを閉めてくれ」と、命じると、そのとおりにした。

からだをめぐらせて、あらためてハルト人を見る。

トロトは自分の赤い傷だらけの戦闘服を着用し、奥の出入口のわきで、床に転がっていた。太ったように見えるが、からだをまるめているせいかもしれない。

皮膚はグリーンに変色している。

シェーデレーアは友の二トンはある巨体を見つめた。

「すまない、またじゃまをして、トロト」と、とまどいながら、口を開く。話す順序を考えてきたのだが、出てこない。「時間はとらせない」

「また、探りにきたのか？」と、ハルトの友がいった。

「いや、もうその必要はないんだ」思わず大声になる。「事態はわかっているから」

身長三メートル半の巨人は、ゆっくり立ちあがり、

「なにを知っているというのだ?」と、威嚇するように咆哮《ほうこう》した。さっそくミスをおかしてしまったようだ。だが、まだ修正はきくはず。口実を考えなくては。

「あんたも年をとる」自分の声が遠くから聞こえるようだ。「年老いていくんだ、トロトス!」

できれば、背中を向けて外に跳びだしたかった。不本意ながら、単刀直入に話せない。

「そのとおり。だれでも年をとる」と、友が応じる。

アラスカは勇気をふりしぼり、

「そうじゃないんだ」と、いった。「すまない。嘘をついた。本当の理由を知っている。子供が生まれるんだろう?」

ハルト人はショックをうけたようすで、壁ぎわまで後退。うめき声をあげ、長い作業アームをふりまわした。

マスクの男としては、ただ見つめるしかない。口が渇いて、声が出ない。いっそのこと、トロトがつかみかかってくればいいのだが。なぜロイドの警告に耳を貸さなかったのか……と、いまになって後悔した。自分には、トロトにそれを伝える権利などなかったのだ。

ハルト人はおちつきをとりもどし、おだやかに、

「なぜわかった？」と、たずねた。

「既知のデータをセネカに送った」と、しわがれ声で答える。「でも、最終的には、ドブラクから聞いた」

「ほかに知っている者は？」

「コスムとロイドだけだ」

「なぜ？」トロトは嫌悪感をこめていった。「なぜそういうことを思いついた、テラナー？」

「すまない」アラスカはまたあやまり、「助けたかったんだ」

「本当か？」

「すくなくとも、そう考えている。それに……自分より数奇な運命を抱える者が、《ソル》にいると思うと、冷静ではいられなかった」

「出ていってくれ！」ハルト人はきっぱりいった。「これ以上、そばにいてほしくない！」

「いいたいことは、よくわかる。でも、きっと助かる方法があるはずだ。あきらめるな、トロトス」

「トロトスなどと呼ばないでくれ。もはや友ではない！」

「ハルト人にとり、出産が死を意味することは知っている」と、アラスカ。「なぜその運命に抵抗しようとしないんだ？」

　トロトは一歩近づき、

「出ていけ！」と、陰鬱にいった。「わたしが理性を失わないうちに、出ていくのだ」

　友は限界に達している……と、悟る。話をやめなければ、殺されるだろう。

　出口に向かうあいだ、背中にハルト人の視線を感じた。

　倉庫を出ると、コンドロームが待ちかまえている。

「短かったですね！」

　だが、その言葉も耳にはいらない。茫然と反重力リフトに向かった。

　数分後、司令室にもどる。

　司令スタンドには、緊張がみなぎっていた。要員は配置につき、コスムも自分のシートにすわっている。

　外側観察スクリーンに目をやると、理由がわかった。ツグマーコン人の大型船が、ダッカル次元風船の〝隆起〟に侵入してきたのだ。

　ロイドに近づく。テレパスは非難をこめて、

「まさか、本当に実行したのか？」と、たずねた。

　アラスカは大きく息を吸って、うなずき、

「ああ。だが、間違いだった」と、認める。

「よく殺されなかったな。正気の沙汰じゃない」ミュータントは怒りをおさえて、「ハルト人のタブーを軽視したら、なにが起きるかわからないぞ」

アラスカはかぶりを振り、そこを去ろうとした。だが、ロイドが腕をつかんで、

「こんどはなにをするつもりだ？」

「ローダンと話したい。この一件を報告しなければ」

「いまがどういう状況か、わかるはずだぞ」テレパスが声を荒らげる。「さらにミスを重ねたいのか？」

「ツグマーコン船があらわれただけだ。意外じゃない」

「意外じゃない？　ばかな！　ローダンはその船を拿捕することにしたんだ。重大局面だぞ！」

アラスカは愕然として、ようやく現実にひきもどされた。イホ・トロトのことを案じるあまり、ローダンの無謀な計画を忘れていたのである。ツグマーコン船を拿捕して、それでラール人銀河に部隊を投入し、ベラグスコルスを奪うのである。このケロスカー機器を入手しさえすれば、《ソル》はこの領域から脱出できる。

「さて」と、ロイドがほほえみ、「トロトのことは、しばらく忘れよう。イホにとっても、そのほうがいい」

マスクの男はゆっくりうなずいた。

「それが正しいのだろうな」

あらためて、司令スタンドを眺めまわす。人々は秩序をたもっていた。グッキーは完全装備で、ローダンの隣りに立っている。ツグマーコン船にジャンプするのだろう。かたわらには、同じく装備をととのえたバルトン・ウィトも待機していた。

「船が接近！」と、探知士が報告。

「先制攻撃だ」と、ペリー・ローダンが命じる。

アラスカは息をのんだ。拿捕作戦はまもなく、決定的瞬間を迎える。もし、最初の段階で失敗すれば、第二のチャンスはない。ツグマーコン人はそれほど甘くないはずであった。

2

船は低速で、非現実的領域にもぐりこんでいった。

エガンマルトは機器をおおざっぱに見やり、状況を把握する。〝側線〟に深く進出するのは、これがはじめてである。もちろん、自発的にではなく、ゼロ守護者の命令にしたがっているだけだ。政府上層部はトンネル・エンジンを装備する船のほうが、異人を迅速に捕捉できると考えたのだろう。

エガンマルトはこれまでに八十三回、トンネル進入を経験しており、トンネルから到達できる銀河は、すべて訪れたことがある。つまり、ツグマーコンでもっとも熟練した宙航士ということ。

しかし、この宙域では、その経験も無意味ではないだろうか？　この中間空間の〝外側〟に進出するのは、はじめてなのだ……《メクランゾルフト》の全乗員と同じように。ツグマーコン人は例外なく、この〝側線〟をひどく恐れていた。ここでは無数の事故が起こり、失踪した船も多い。それにまつわる不気味な噂も無数にある。

したがって、ここをすすんで飛ぶ者はいない。五・六次元の影響で、船が制御不能になるから。

それでも、ゼロ守護者の命令は理解できる。不吉な異人を可及的すみやかに発見し、抹殺しなくてはならないのだ。

《メクランゾルフト》以外にも、トンネル船団七百隻が、この捜索に参加していた。さらに、通常エンジン搭載の大艦隊が〝側線〟の外で待機している。

異人はすでに、限界をこえて消滅したかもしれない。この数日の状況から見ると、それもありえる。

「異船だが、トンネルの〝側肢〟に侵入したため、破壊されただろうな」と、代行のペルカルターにいった。

「そうは思いません」若いツグマーコン人が答える。

この反応は理解できた。代行は野心的な宙航士なのだ。《メクランゾルフト》がこの作戦で活躍すれば、全乗員の昇進が早まるかもしれない。

それにくらべると、自分は老境にさしかかっている。ペルカルターがいるからこそ、ふつうなら考えもしないような行動に出られるのだ。

「連中、どこからきたのだろう?」と、つぶやいた。

「知っているのは、ゼロ守護者だけでしょう」と、ペルカルター。

「政府上層部も、知っているかどうか」

若い男はシートに腰をおろした。その態度を見ると、恐怖などまったく感じていないようだ。

「ヘトスが支配する銀河の出身でしょうか？」

「いや」エガンマルトはきっぱりと否定した。「われわれが支配する全銀河は、ラール人が管理している。ああいう種族が存在するとは思えない」

ペルカルターは陰険な笑い声をあげ、

「たまに、なぜこういうことをするのか、疑問をおぼえますよ。その先に、なにがあるのでしょう？　訪れることもない銀河を支配して、なにが得られるのか……」

「哲学的問題だな」と、司令官。

「答えはあるでしょうか？」

「もちろん。権力を手にしているという感覚だ。その銀河の諸種族は、われわれに畏怖の念を抱く。ブラックホールを経由して、かれらの生活圏に死と破滅をもたらせるのだから」

「もっと権力について知りたいものです」ペルカルターは熱心にいった。「権力を行使したい……」

「そうだな」エガンマルトはほほえみ、「しかし、いまはこの船が重要だ」

監視機器の数値を、そのまま信じていいのだろうか？　判断できない。代行は前かがみになり、

「権力はすぐそばにあるかもしれません」と、期待をこめていった。

だが、その問題には興味がない。うなり声だけで応じる。早く自由な中間空間にもどれればいいのだが。これほど窮屈なトンネルをぬけるのは、はじめての経験だ。

若者は上官の意をくんで、

「指揮をかわりましょうか？」と、たずねた。

「いや、けっこう」エガンマルトはきっぱりとことわったが、次の瞬間、いきなり不安にかられ、「こういう任務をこなすくらいなら、警戒部隊にいたほうがよかったな」

＊

ペリー・ローダンが勢いよく立ちあがると、椅子が揺れた。探知結果の分析が出たのだ。〝隆起〟に進出してきたツグマーコン船は、防御バリアをはったらしい。

「これでテレポーテーションの選択肢はなくなったな、ちび」と、グッキーに、「さて、どうするか？　ツグマーコン人たち、このかくれ場の奥までやってくるはず。そうなれば、エネルギー機器を遮断しても、いずれ発見されるだろう」

「で、一巻の終わりというわけです！」と、デイトンが口をはさむ。

　ローダンは船長に目をやり、

「その可能性もある」と、認めた。「ツグマーコン人たち、こちらを発見ししだい、増援を要請するだろう。そうなったら、たしかに最後だ。包囲され、遠距離からの攻撃にさらされる。その場合は、最後の手段をためすしかない」

「防御バリアを解除させなくては……一時的にでも」と、ジェフリー・アベル・ワリンジャーが神経質にいう。

「なにか方法があるか？」と、ローダン。

　科学者はかぶりを振っただけ。

「提案があります」と、メントロ・コスムが、「なにか射出するんです。無人のゾンデがいいでしょう。ツグマーコン人はそれを収容しようとするはず」

「ためしてみる価値はあるな」ペリーは懐疑的だった。「無警告でゾンデを撃墜する可能性もある。そうなったら、相手はさらに警戒するぞ」

「ですが、いたずらに待機しているだけでは、チャンスを逸してしまいます」と、ワリンジャーがうながす。

「わかっている」ローダンは立ちあがった。《ソル》やその搭載艦艇で攻撃しても、意味はない。あの船は撃破できるだろうが、ツグマーコン人にこちらのポジションを知られてしまうだけだ。

闇のスペシャリストを振り返り、

「どうしたものだろうか、オルウ、プィ？」

「ゼロ守護者たち、追跡に次元エンジンを装備した船を使用するはずだ」と、華奢《きゃしゃ》なツグマーコン人が答える。「そのほうが、中間空間用の艦船より〝隆起〟を進みやすいから。トンネル船があらわれたら、チャンスだ。しかし、その場合、タイミングがむずかしい。だから、エモシオ航法士の提案をためしてみるべきだと思う」

「危険だが……ほかに代案もないな」

チーフはそういうと、探知ゾンデを射出するよう命じた。そのあと、

「あと数分で、もうすこし状況がはっきりする」と、つぶやいた。「だが、向こうがどう反応するか……」

＊

「どう思う？」と、エガンマルトは認識システムをさししめした。細かい走査線がじゃまだが、それでもちいさな光点の動きが確認できる。「宙雷の一種だろうか？」

「あらゆる可能性が考えられます。エネルギー現象かもしれません」と、探知担当のトンジャテンが答える。

「破壊しなくては！」ペルカルターがせかした。「きっと攻撃です！」

指揮官は答えない。異人はツグマーコンの巨船を、宙雷一発で破壊できると考えるほど、おろかではないだろう。

「搭載艇を用意するんだ！」と、命じる。「あの飛行物体に接近して、正体をつきとめなければ。危険なものなら、その時点で破壊すればいい」

「グロジョッコの司令本部に報告しますか？」と、通信士が問いあわせてくる。

エガンマルトは考えこんだ。いま報告したら、ゼロ守護者はいたずらに希望を抱くかもしれない。そのあげく、間違いだったとわかれば……

「まず、事態を把握する」と、答える。「誤報は許されない！」

搭載艇のスタート準備がととのい、指揮官は射出を命じた。搭載艇の乗員は危機にさらされるだろうが、やむをえない。異人を抹殺するのが最優先任務なのだ。

＊

ゾンデから映像が送られてきた。ツグマーコン特殊船は全長八百メートルで、ドーム部分の直径は七百メートル。典型的なトンネル船クラスだ。

ローダンはツグマーコン人司令官の反応を予想してみた。そもそも、あの船はエネルギー乱流のなかで、ゾンデをキャッチできる探知機器を有しているのか？

　次の瞬間、セネカから報告がはいる。受信インパルスを分析した結果、ツグマーコン人は搭載艇を射出したそうだ。

「そのときに、防御バリアを解除しただろうが……」と、ワリンジャーが失望をあらわにした。

「向こうのバリアも、われわれのものと似た構造らしい」と、ペリーは、「つまり、搭載艇が帰還するときも、バリアを解除する。それがチャンスになるさ」

　人々はスクリーンを見つめた。エネルギー渦のせいで、視覚的情報は断続的だが、セネカはポジション特定を維持している。受信するインパルスだけで充分なのだ。

　ゾンデは予定どおりのコースを維持し、ツグマーコン人の搭載艇がそこに高速で接近していった。

「かなり性急だな！」と、コスムがつぶやく。「問答無用で撃破するのは、やめてもらいたいが……」

　ローダンは黙って、制御システムを凝視した。

　搭載艇のスタートは、なにを意味するのだろうか？　もちろん、母船を危険にさらさずに、データを収集しようとしているのだ。まちがいない。

　問題は、その次である。ツグマーコン人が慎重なら、ゾンデを収容せずに破壊する。そうなれば、この計画は失敗するだろう。

さいわい、いまのところ、ゾンデは健在だが。

＊

「人工の飛行物体です！」と、搭載艇の航法士から、報告がはいった。通信障害があり、聞きとりづらい。「見た目は探知ロボットのようですが、武装していないとは、断定できません！」

エガンマルトは鼻先の鱗に手をやりながら、

「コースはどうだ？」と、乱暴にたずねる。司令室はあわただしくなっていた。状況をコントロールできないからだ。こういう状況は好ましくない。

しかも、搭載艇からは応答がない。状況を把握していない証拠だ。

「コースを確認するんだ！」と、くりかえした。「その物体が《メクランゾルフト》に向かっているかどうか、確認しろ！」

「その可能性は排除できません」しばらくしてから、ようやく答えがある。「いまのところ、側肢内を飛んでいますが、コース変更があるかもしれません」

「わかっている！」エガンマルトは断固として命じた。「その物体を破壊せよ！」

「なんですって？」

一瞬、航法士が命令にしたがわないのかと思い、耳を疑う。だが、次の瞬間、搭載艇に同行したペルカルターの声だと気づいた。

「物体を収容したらどうでしょう?」と、代行がつづける。「異人の技術を研究するための、いいチャンスだと思いますが」

「もうたくさんだ!」と、指揮官はうなった。

「敵はまだ〝側線〟にいるはずです!」

「ここで罠を用意したんだ。まちがいない!」司令官はさらに説明をつづけようとしたが、そこでスクリーンに閃光がはしり、未知の飛行物体が消滅する。

「命令を実行しました!」と、搭載艇の航法士が報告してきた。

これで、ひと安心だ。とはいえ、危機が去ったわけではない。不安を感じる……もっとも、これは〝側線〟の特異な環境のせいだろう。熟練した宙航士は、経験的にこういう宙域を避けるものなのだ。

「搭載艇を収容したら、中間空間にもどろう」と、いった。

ペルカルターは驚いて、

「ですが、〝側肢〟の調査をはじめたばかりです」と、反論する。

「もどるのだ!」司令官は反論の余地のない声で、「なにかおかしい。〝側肢〟の進入口を封鎖する艦隊を、要請しよう」

ペルカルターは顔色を変えたものの、命令にしたがった。エガンマルトのような高名な指揮官には、決してさからえないから。

搭載艇がコースを変更し、《メクランゾルフト》にもどってくる。

周辺宙域では、ほかに動くものはない。

見えない危険が迫ってくる。だが、中間空間はまだしずかだった。

*

オルウとプィはネズミ＝ビーバーに、ツグマーコン船の構造を正確に伝えた。とくに、司令室については、微細な部分にいたるまで説明する。

イルトはそれをもとに、ツグマーコン船にジャンプする準備をととのえた。もちろん、相手が防御バリアを解除しないかぎり、決行はできないが。だが、予定どおり、チャンスが訪れたら、そのすきに、ウィトを連れてジャンプ。イルトがツグマーコン人宙航士を相手にしているあいだに、テレキネスが通信機器を破壊し、交信を阻止する。いずれも、オルウから詳細な情報を得ていることだ。結果的に、ツグマーコン人は緊急シグナルを発信することも、《ソル》のポジションを通報することもできないだろう。

とはいえ、テレパシーとは違い、テレキネシス・インパルスが有効かどうかは、正確にはわからなかったが。

それでも、この作戦の結果に多くがかかっていることは、わざわざいうまでもない。

そのせいで、グッキーはいつになく集中し、〝遊び〟は封印している。バルトン・ウィトも、重パラライザーをいつでも撃てるようにかまえていた……ネズミ＝ビーバーに万一のことがあれば、ただちに介入できるように。

問題は、司令室にいないツグマーコン人乗員だ。オルウとプィは、重要機器は司令室に集中しているから、すくない乗員で運用できるといっていたが、それで安心できるわけではない。敵がひとりでも迅速に行動すれば、作戦全体が破綻するだろう。

具体的には、ひとりがトンネル船の搭載艇に逃げこんで、警報を発したら、それで終わりということ。

とはいえ、こうした不確定ファクターは、どうしようもない。換言すると、グッキーとウィトは敵船の司令室を制圧したあとも、瞬間的な決断をしいられつづけるわけだ。

「いまだぞ！」と、ローダンがいった。「搭載艇が母船に到達する！」

ウィトはネズミ＝ビーバーの肩に手を置き、テレポーテーションにそなえる。

《ソル》の主エアロックでは、〝侵入コマンド〟が出撃準備をととのえた。この三百人は、ロード・ツヴィーブストとタクヴォリアンが指揮する。《ソル》自体は、イルトのジャンプが成功したら、相手の船に向かい、エアロックをこじあける予定だ。

計画は万全で、齟齬《そご》はないはず。

それでも、なにか忘れているような気がしてならない。

友の躊躇《ちゅうちょ》を察したデイトンが、

「百パーセント、不測の事態にそなえるのは不可能です」と、いった。「そういう意味で、すべては運しだいというわけで。運が味方すると信じましょう。でなければ、待っているのは敗北だけですから！」

＊

エガンマルトはいらいらと、搭載艇の動きを見守った。ようやく、収容可能な距離まで接近すると、ペルカルターが防御バリアを解除する。

小型艇は開いたエアロックに近づき……

そのとき、計算オペレーターが悲鳴をあげた。

おどろいて振り返ると、異人二名が立っている。

一方は背が高く、胸郭が大きい。

もう一方ははるかにちいさいが、防護服の尻の部分から、長い尾が伸びている。

あわてて、銃をぬこうとしたが、からだが麻痺したような感覚をおぼえる。

動けない！

どうやら、ひどいミスをおかしたらしい。

3

異船の司令室で実体化すると、ツグマーコン人二十名が、主操縦システムの前にならんでいた。いずれもダークブルーの制服を着用している。グッキーはその全員を、テレキネシスで拘束。バルトン・ウィトも同じように、敵を制圧しているはずだ。操縦システムからはなれた場所にも、べつの小グループがふたつあったから。

次の瞬間、テレキネスが悪態をつき、パラライザーを発射した。出入口のそばにいた二名を見落としていたのだ。

「武装解除してよ！」と、声をはりあげる。「通信機はどう？」

「回路を遮断した！」と、ウィトも手短かに答え、司令室要員の銃をとりあげはじめた。武器は中央にあるテーブルに置く。

グッキーはそれを見ながら、《ソル》に思念をこらして、

〈フェルマー、聞こえる？〉

〈もちろんだ、ちび〉

〈もうはいってきていいよ！〉

それだけ告げると、銃をぬいて、ツグマーコン人に向けた。これでどれだけ牽制《けんせい》できるか、わからないが。だが、司令室の外にいる乗員が、異変に気づく可能性もある。

やがて、テレキネスが武装解除を終えた。

グッキーはトランスレーターを作動させて、

「全員、いまいる場所を動くなよ！」と、命じる。「おとなしくしてれば、撃ったりしないから。司令官はだれかな？」

答えはない。

ツグマーコン人は茫然としている。まだ事態を理解していないのだ。

司令室中央部に目をやった。

ケープつきの制服を身につけた異人がすわっている。

「あんたが司令官だな！　この船はぼくらが占領する。いっとくけど、ばかなまねはしないほうがいいよ」

相手はあえぎ、まるい鼻面を動かした。しかし、声は出ない。

スクリーンに幾何学模様があらわれ、それが《ソル》の映像に変わる。船の探知システムが巨船をとらえたのだ。

「きたぞ！」ウィトが歓声をあげた。

そのとき、小型スクリーンが明るくなり、ツグマーコン人の顔がうつしだされる。インターカムで、ほかの区画にいる乗員が連絡してきたのだ。トランスレーターから声が響いた。

「指示を願います、司令官！　なにか問題が起きたのですか？」

「奇襲攻撃だ！」ケープのツグマーコン人が、はじめて口を開く。「われわれ……」そこで声がとぎれた。ウィトがパラライザーで撃ったのだ。

次の瞬間、小スクリーンが暗くなる。

「これで全乗員に知られるな」と、テレキネス。

グッキーはうなずいただけで、なにもいわない。打つ手がないから。侵入コマンドの援護にいくことはできるが、それでは司令室が手薄になる。

当面、ロイドの思考インパルスに集中することにした。

《ソル》はまだ到着していない。

オルウとプィによると、ツグマーコン船の攻撃システムは、おもに司令室から制御されている。つまり、《ソル》に直接の危険はないということ。しかし、侵入コマンドは違う。はげしい抵抗をうけるだろう。

ロイドにそれを伝えていると、ハッチがいきなり開いて、武装した六名が突入してきた。グッキーは全員を転倒させ、ウィトが武器をとりあげて、外に追いだす。

これで、敵も司令室の奪還は容易でないと悟り、さらに用心するはずだ。それとも、べつの手段に訴えるだろうか？　自爆装置のようなものを、装備していなければいいのだが。

ロイドから連絡がはいった。《ソル》が到着したそうだ。オルウとプィは、エアロックをこじあけるため、たったいまスタートしたという。

「仲間がきたよ！」と、ウィトにいった。

「ハッチの開閉メカニズムを、テレキネシスでブロックしたぞ」と、大男は、「これでもう、襲われる心配はない」

ネズミ＝ビーバーとしては、それほど万全とは思えなかったが、文句はいわない。それより、集中力がつづかなくなりつつある。あと数分で、ツグマーコン人三十名をおさえておくのが困難になるはずだ。もちろん、全員をパラライザーで麻痺させるという手もあるが、その場合、ツグマーコン人が回復して、ふたたび操縦できるようになるまで、かなりの時間がかかってしまう。

もちろん、慣性飛行なら、いつまででもつづけられるが、この宙域を出るためには、ツグマーコン人の力がいる。それに、いつまでもここにいるわけにはいかない。この船のポジションは、たえず報告されているはずだから、連絡がとだえたら、すぐ捜索部隊がやってくるにちがいない。

つまり、〝拿捕〟はほかの宙域に移動して、はじめて完結するのである。

＊

《ソル》はトンネル船から三マイルはなれて、相対的に静止している。侵入コマンドをひきいるロード・ツヴィーブスは、宇宙服の姿勢を制御しながら、計測結果をのぞきこんだ。〝扇〟に到着してから、計測機器はあまり信用できない。たとえば、ツグマーコン人の帝国の規模も、計測のたびに大きくなる。

かぶりを振って、〝前方〟の異船に目をやった。この領域も、ダッカル次元風船全域と同じく、霧のような奇妙な光につつまれており、異船も視認できる。

こうべをめぐらせ、仲間の位置を確認。

重武装のコマンドは、攻撃された場合にそなえ、ひろく散開していた。

タクヴォリアンはすぐうしろにいる。ケンタウルスの作戦参加については、意見がわかれたもの。医師グループが出撃に反対したのだ。高齢のミュータントには、負担が大きすぎるとして。しかし、そのモヴェーター能力は健在で、トンネル船の制圧には欠かせない戦力だった。

ツヴィーブス自身も、たまに年齢を感じることがある……もちろん、黙っていたが。

トンネル船のすぐそばに、人影がふたつあらわれる。プィとオルウだ。もう目的を達したらしい。

船そのものに動きはない。しかし、油断は禁物だ。司令室はグッキーたちが制圧しているが、それでもはげしい抵抗が予想される。

さらに近づくと、開けたエアロックが見えてきた。内部は無人らしい。

「エアロックを見ていてくれ、タクヴォリアン！」と、命じる。「ツグマーコン人があらわれたら、すぐ介入するんだ」

本能監視能力も衰えていない。数秒後、エアロックに人影があらわれたのだ。いずれも宇宙服を着用し、銃をかまえている。

だが、こちらに数発撃っただけで、すぐモヴェーターが介入した。ツグマーコン人の時間経過が極端に遅くなる。これなら、脅威にはならない。

「突入！」と、ツヴィーブスは声をはりあげた。「いまのうちだ！」

だが、船に到達する寸前、エアロックの上側に、いきなりべつのグループがあらわれる。一階層上のエアロックから出てきたらしい。

船殻にからだを固定して、撃ってくる。一発がコマンドのひとりに命中し、防御バリアが燃えあがった。これで敵の火力がどの程度かわかる。こちらも応戦し、銃撃戦がはじまった。

だが、それも長くはつづかない。タクヴォリアンが敵を制圧したのだ。

プィとオルウはエアロック下部の死角にいたため、攻撃をうけなかった。

ツヴィーブスは先頭でエアロックに飛びこむと、ツグマーコン人の武装解除にかかる。

だが、タクヴォリアンが気をぬいた瞬間、ひとりが発砲した。

そのビームがテラナー二名に命中。

一瞬、パニックが起きる。

ネアンデルタール人は振り返りざまに、パラライザーを発射した。しかし、防護服のせいか、相手は抵抗をやめない。

やむなく、なぐりたおす。

ほかに選択の余地はなかったのだ。

かぶりを振ると、コマンドをふた手にわけ、第二部隊を上階層にあるはずのエアロックに向かわせた。ケンタウルスがうまく両部隊を援護できればいいが。

まもなく、第一部隊はエアロックとその周辺の制圧を終えた。付近にいたツグマーコン人は、全員を武装解除する。

「急げ！」と、ツヴィーブスはどなった。「オルウとプィ、きてくれ。司令室まで案内をたのむ！」

ひろい通廊を進むと、側廊から敵三名があらわれ、発砲してくる。ネアンデルタール人は集中攻撃をうけ、たまらずにひっくりかえった。防御バリアも不安定になる。次に斉射を食らったら、崩壊するだろう。

だが、タクヴォリアンがただちに介入した。敵がほとんど動かなくなると、コマンド数人が跳びかかって、敵の武器を奪う。

ツヴィーブスは立ちあがり、

「武装解除したツグマーコン人は、エアロックに集めるんだ！」と、命じた。「あとでまとめて、《ソル》に連行する」

先頭グループはさらに慎重に、前進を再開。モヴェーターはあらたな攻撃にそなえて、たえず側面に注意をはらう。

ネアンデルタール人は最短コースで司令室をめざした。グッキーたちとできるだけ早く合流したい。そのため、ツグマーコン人がひそんでいるとわかっても、制圧は後続グループにまかせる。

さいわい、もう妨害はなかった。

ヘルメット・テレカムで、グッキーと連絡をとる。

司令室のハッチは、ウィトがすべて封鎖したそうだ。つまり、開閉メカニズムを破壊しないかぎり、なかにはいれないということ。

ネアンデルタール人は部下に命じて、もよりのハッチを破壊させ、司令室にはいった。なにか非現実的な感じだ。あまりにもあっけなく、異船を制圧してしまったのだ。ツグマーコン人は驚きを克服できず、組織的な抵抗もなかった。

グッキーは司令スタンドにすわる大柄なツグマーコン人をさしめし、

「これが司令官だよ」と、いった。「ずいぶん無口でね」

ツヴィーブスはうなずいただけだ。ツグマーコン人に今後の計画を説明するのは、オルウとプィの役割だから。

あらためて、小規模コマンドを編成し、グッキーとタクヴォリアンの船内調査に同行させる。その結果、あらたに十七名を捕虜にした。

そのあいだに、《ソル》から科学者・技術者グループがやってくる。まもなく、《ソル》とトンネル船は、べつの領域に移動を開始。結局、作戦開始から〝拿捕〟完了まで、数時間ですんだ。

ペリー・ローダンは《ソル》の司令室で、友にいった。

「この船を《モルゲン》と名づけよう」

4

ツグマーコン人は捕虜として、《ソル》に連行された……エガンマルトをのぞいて。指揮官は自害したのである。乗員はそれを知り、協力をいっさい拒否したのだった。

さいわい、オルウとプィは《モルゲン》のような船の機器も熟知していたが、でなかったら、短期間で操船方法を習得するのは、とても不可能だっただろう。もちろん、ドブラクとケロスカーも協力を惜しまなかった。

ラール人銀河に遠征するコマンドは、全員がトンネル船に移乗し、異質な機器に習熟するため、努力をつづけた。

数日にわたり、一日三時間の睡眠で、くりかえし訓練をかさねたのである。オルウとプィも交代で休み、つねに一方が援助できる態勢をとった。

そのあいだに、敵の捜索部隊が何度か接近してきたが、さいわい発見されずにすむ。とはいえ、ツグマーコン人は捜索領域を拡大しているらしく、〝隆起〟の奥まで進出するようになってきた。

ローダン自身は遠征に参加し、不在のあいだは、メントロ・コスムとガルブレイス・デイトンが《ソル》の指揮をとる。

「これ以上は待てません」と、ワリンジャーが、「完全に習熟しようとすれば、数週間かかるはず。ですが、ツグマーコン人はそれまで待ってくれません」

ペリーはうなずいた。ある程度のリスクは覚悟している。それに、操船については、闇のスペシャリストとドブラクにまかせればいい。

それでも、念のため、オルウとプィに意見を聞く。

「飛行中にアクシデントが発生しなければ」と、プィは気が進まないようすで、「目標に到達することはできるでしょうね」

「その線でたのむ。飛行中も、テラナーにアドヴァイスしてもらえるとありがたい」

ローダンはそういうと、スタート日時を決めた。

《モルゲン》は三五八一年二月二十三日、ラール人銀河に遠征する。

＊

アラスカ・シェーデレーアは《モルゲン》の遠征コマンドに、イホ・トロトの名を見つけた。驚いて、ハルト人を探したが、すでにトンネル船に移乗したと知らされる。しかたなく、《ソル》に向かい、メントロ・コスムに事情を聞いた。

「コマンドの任免は、わたしの権限外だからな」と、エモシオ航法士は、「ペリーがこの件を了承したんだ」

「でも、イホは昔とは違う！」と、マスクの男は反論。「トロトがどういう状態か、知っているじゃないか。作戦に参加したら、いずれ問題が起きるぞ」

コスムは友を見つめて、

「参加を阻止する方法が、ひとつだけある」

「わかっている」と、アラスカはうなずき、「だれかがチーフと話さなくては」

「わたしはいやだね」SZ＝1艦長はきっぱりと、「トロトは自分の行動を、完全に理解しているはずだから」

つまり、協力は得られないということ。シェーデレーアは《モルゲン》に向かった。

もともと、遠征コマンドに選ばれていたから、誰何《すいか》されることもない。

ハルト人を探して、船内を歩きまわる。いたるところに、技術習得中のテラ宙航士がいた。

だが、トロトの姿はない。とほうにくれて、司令室にはいると、意外にもそこにいた。

これでは、人目をひかずに話すのは不可能だ。もしかすると、そういうシチュエーションを避けるため、ローダンやワリンジャーのそばにいるのかもしれない。

それでも、あえて近づき、

「話をしたい！」と、声をかける。

トロトは答えない。

「拒否するなら、ローダンに報告するぞ！」

ハルト人は無言で作業アームを伸ばし、肩をつかんで、司令室のすみに向かった。柱のあいだで手をはなす。たしかに、ここならじゃまされずに話せそうだ。アラスカは肩を揉みながら、

「腕が折れるかと思ったぞ！」と、なんとか冷静に、「力ずくでは解決しない問題だと思うがね」

トロトはそれに答えず、

「なんの用だ？」と、できるだけ小声でいった。

「この作戦に参加してはいけない！」と、シェーデレーア。

「だれがそういった？」

「理性だ！」そういいながら、おのれのおろかさを呪う。なぜこうやって、指示する口調になるのか、自分でもわからない。「口実をつくって、《ソル》にもどろう。そこで、ローダンに病気だと話せばいい」

ハルト人がテラナーそっくりにため息をついた。

「この作戦がどういうものか、知っているだろう？」と、シェーデレーアはつづける。

「いまのきみの体調を考えたら、参加するのは無責任だぞ」

「参加を決めたのはローダノスだ」

マスクの男は愕然とした。イホは完全に分別を失っている。やはり、チーフに話すしかないのだろうか？　しかし、その結果を考えると、とてもその気にはなれない。しかも、話した場合、トロトがどう反応するかもわからなかった。

「いまは《ソル》の全乗員が、危機にさらされているんだ。それを理解してくれ」と、懇願する。「しかも、この作戦は全員が百パーセントの能力を発揮しないと、うまくいかない」

「わたしにかまわないでもらいたい！」ハルト人はそういうと、そばにいた乗員に近づいた。これ以上は〝内輪話〟をする気がないという、意志表示である。

フェルマー・ロイドが近づいてきた。怒りをあらわに、青ざめた顔で、

「なぜ好きにさせてやらないんだ？」と、たずねる。

「わかっているはずだぞ！」アラスカは暗澹《あんたん》たる気分で、「非難はけっこう。それより、助けてくれないか」

「冗談じゃない！」テレパスは声を荒らげた。「すぐに出ていってくれ。これ以上、イホにまつわりつくようなら、それなりの処置を考える！」

つまり、ミュータント部隊隊長は本気だということ……くわしくはわからないが。だ

が……コスムも、ロイドも、なぜ自分を支持しないのだ？　たしかに、トロトを傷つけたくはない。しかし……

コスムとロイド……この経験豊かなふたりの協力を得られないとなると、状況は絶望的だ。

ローダンが近づいてきた。ふたりを交互に見て、

「なにか問題があるようだな？」と、たずねる。

「そっちに聞いてください！」テレパスはそういい捨てると、足早に立ち去った。

「なにがあったのだ？」ペリーはこちらを見て、「ロイドと意見の衝突があったということか？」

いまだ！　いまこそ、すべてを明かすチャンスである。チーフがその話題を持ちだせば……

だが、ペリーは気づいていなかった！

「全員で問題を克服しなければな」

「冷静になってみます」と、かろうじてつぶやく。「ですが、いささか過労気味のようでして」

その場をはなれながら、あらためてチーフを観察した。なにかおかしいと気づいているのはたしかだが、それだけだ。

話すことができれば！　《モルゲン》がスタートする前に、トロトがいまどういう状態にあるか、証明できるような事件が起これぱいいのだが……

＊

《モルゲン》には、スタート時点でテラナー五百名が乗っていた。ラール人銀河に進出し、ベラグスコルスを奪うのに、最低限の人員だ。

《ソル》からは、大量の装備が搬入されている。中心となる乗員は、闇のスペシャリスト二名のほか、ペリー・ローダン、ジェフリー・アベル・ワリンジャー、ドブラク、グッキー、タクヴォリアン、フェルマー・ロイド、イホ・トロトなどだった。

オルウとプィは、司令室につめている。ふたりがすべての指示を出し、訓練をかさねたテラナーが、実際の操船にあたることになっていた。

《モルゲン》はスタートし、ダッカル次元風船の側肢を出る。しかし、現時点でラール人銀河につづくトンネルが開いているかどうか、確認はできない。そのため、オルウたちは近隣のトンネルを利用して、最終的に目標銀河に飛ぶというコースも考えていた。とはいえ、できれば迂回はしたくない。そこで生じる時間のロスが、《ソル》の命運を決するかもしれないから。

かくれ場を出たのは、いいタイミングだった。近傍に、ツグマーコン船の姿はない。

《ソル》を指揮するデイトンとコスムは、《モルゲン》が帰還するまで、この領域にとどまる。もちろん、万一の場合は、そのかぎりではないが。

「もう再会できないかもしれない」と、チーフはふたりに告げたもの。「もし《モルゲン》がもどらなかったら、あとはたのむ」

デイトンはきびしい表情で、

「その場合は、ツグマーコン人の惑星を征服し、この中間空間にあらたな人類の帝国を築きますよ！」

*

その数時間後、《モルゲン》は〝扇〟をぬけて、最終段階集合体に接近していた。オルウとプィは〝側線〟を出ると、すぐ超光速飛行に移行したのだ。これで、ツグマーコン艦隊の探知をまぬがれることができる。

どのトンネル船も同じだが、《モルゲン》のポジトロニクスにも、公会議銀河のデータがすべてそろっていた。したがって、ラール人銀河でも、問題なく行動できる。

テラ科学者がデータを確認した結果、驚くべき事実があきらかになった。第七の公会議種族に関する情報がないのだ。ラール人、ヒュプトン、マスティベック人、グライコ人、ケロスカー、ツグマーコン人のデータはそろっているのだが。

おそらく、ほかのツグマーコン船でも同様だろう……ローダンはそう推測した。オルウとプィも、第七の公会議種族については知らなかったではないか。ふたりは長いあいだ眠っていたからだと説明していたが。

これにはそれなりの理由があるはずである。おそらく、この〝第七種族〟こそ、ヘトスの真の支配者なのだろう。もっとも、〝扇〟内部には、第七種族の存在を明示するものは、なにひとつなかったが。これまでに得た情報をいくら分析しても、オルウとプィの報告と同じく、ツグマーコン人が公会議を支配しているという結論しか出ないのだ。したがって、ツグマーコン人が架空の勢力をでっちあげ、敵の目を自分たちからそらしているという可能性はのこる。

いずれにしても、まだすべてが謎のままだ。

わかっているのはひとつだけ。第七種族は無視されている……はじめから存在しないかのように。

ケロスカーの計算者ドブラクでさえ、情報を持っていないのである。

《モルゲン》の記憶バンクを分析した結果、謎はさらに深まったわけである。

＊

飛行は順調に進んだ。まもなく、最終段階集合体に到着するだろう。闇のスペシャリスト二名は、トンネル船がブラックホールに突入した直後から〝感知作業〟を開始した。その結果、ラール人銀河につづくトンネルが、膨張しているのがわかる。

ローダンは安堵のため息をつき、

「では、最短距離を選べるということだな」と、いった。「時間をむだにしたくない。どうだろう。次元トンネル内部で、ツグマーコン人に妨害される可能性は？」

「あると思います」と、プィが応じる。「でも、心配はありません。オルウとふたりでトンネルを完全に監視し、適切に対応しますから。この船にも、しかるべき装備がととのっていますし」

《モルゲン》はラール人銀河の次元トンネルに進入した。この領域では、テラナーにできることはあまりない。実際、オルウとプィのふたりだけで操船している。

スクリーンにも、なにもうつらない。濃霧のなかを飛んでいるようなものだ。ペリーは《ソル》がはじめて〝扇〟に進入したときを思いだした。あのときと違い、今回は上位次元の影響を感じない。トンネル船の特殊構造は、それだけこの宙域の航行に適しているのだろう。

ドブラクによると、ラール人はベラグスコルスを、ヴォルターハーゲンに設置したそうだ。この惑星はヘトスにとっても、もっとも重要な研究拠点で、座標は《モルゲン》の記憶バンクから、容易にとりだすことができた。

5

艦の周囲でエネルギー膜が崩壊する。フォンステルタン＝モルクはそれを見て、二十六回めの試みも失敗したと悟った。実験スタンドの周囲の技師たちは、防御壁のかげにさがっている。エネルギー・カバーの崩壊には、はげしい爆発がつづくと、わかっているから。

やはり、今回もそうだった。青白い閃光がはしって、実験スタンドの装備をなめ、その一部が溶解する。

だが、科学責任者は機器の損失より、失敗の心理的影響のほうを重視した。実験の目的はひとつだけ。マスティベック人のエネルギー・ピラミッドから、ラール艦を分離させることである。ラール艦は一般に、ピラミッドのエネルギー供給にたよっていた。しかし、自立して行動することで、さらなる優位を確保したい。

爆発音が耳に痛い。準備はととのえていたが、思わずぎょっとする。この建物は実験スタンドから充分にはなれているが、それでもはげしい振動が伝わってきた。

それがやむのを待つ。防御壁の背後の同僚は、防音ヘルメットがなかったら、鼓膜が破れただろう。

スクリーンに目をやると、ロボット消火装置が作動したところだった。炎の中心に大型プロジェクターをつきだし、周辺を一時的に真空状態にすることで、短時間での消火が可能なのだ。

危険が去ると、技術スタッフがあらわれ、艦の周囲をとりかこむ。艦そのものは無傷のようだ。

「いつか、ヴォルターハーゲンをまるごと吹き飛ばしてしまう……そうは思わないのか？」と、背後で声が響いた。

はっとして、振り返る。

クノルグ＝トムトだ。惑星政府首席は小柄で痩《や》せているが、決して華奢ではない。しかも、やっかいな問題をねばり強く処理することでは、定評がある。

「成果が得られる可能性がある以上、それを追求するべきです」と、ゆっくり答える。

この男は苦手だった。きびしい口調はまだがまんできるが、実験が失敗するたびに、弁解をくりかえすのがつらい。

「高額な予算はどうなる？」と、首席がつづける。

科学者は肩をすくめた。相手より、頭ふたつぶん、背が高い。

「方法が間違っているのではないか？」

あつかましい言葉だ。自分はこの分野の最高権威なのに。ラール艦隊のエネルギー供給問題を解決できるのは、自分しかいないのである。

べつの惑星でも、似たような研究が進められている。それはたしかだ。しかし、ヴォルターハーゲンのチームは、その先端にいた。

「政府はいつまで、きみにまかせておくと思う？」クノルグ＝トムトは執拗だ。

「この研究が必要だと、政府が確信しているかぎり。で、その確信が揺らぐことはありえません」

これはあてこすりだ。首席は以前から、フォンステルタン＝モルクのやり方に反対している。

「では、失礼しますぞ」と、つづけた。「同僚のところに行きますので」

返事を待たずに研究室を出ると、待機していた反撥グライダーで、実験ホールに向かう。上空から見ると、防御バリアがあったにもかかわらず、屋根の大部分が損害をうけているのがわかった。

あちこちの穴から、洞穴のようなホールの床が見える。

ラール人はグライダーを主ゲートの近くに降ろした。ロボット部隊が破片をかたづけはじめたところだ。いつもどおり、ホール全体の清掃が必要になるだろう。

外に出ると、実験スタンドから技師たちがもどってくる。

ジェコルファント＝プロンクが気づいて、挨拶してきた。

自分の人気は不変だ……と、満足する。それどころか、失敗するたびに、かえって連帯感が高まっている。共同体だという意識が、スタッフを団結させているのだ。

技師たちは医師団のグライダーに乗りこみ、スタートした。徹底的な検査をうける規則である。ジェコルファント＝プロンクだけは、ホールの前にのこった。科学責任者が近づくと、

「今回はエネルギーを、より長く固定できました」と、挨拶がわりにいう。「のこる問題は機器の容量だけでしょう」

「以前からの問題だな」

「新型艦の建造を決断すべきでしょう」

フォンステルタン＝モルクは苦笑した。この提案が非現実的だと、わかっている。いままでどおり、公会議が征服した銀河を軍事的に支配するには、ただちに利用できる艦隊が必要なのだ。しかし、ヴァリアブル・エネルギー壁を完全にコントロールできるようになれば、艦隊は文字どおり無敵になる。

「新型艦は用意できない」と、答えた。「ケロスカーの戦略的計画が利用できない以上、そういうリスクはおかせない」

「では」若い技師は声を落とし、「マスティベック人のピラミッドから、いつまでも解放されないでしょう」

科学責任者はこうべをめぐらせ、古い着陸床を眺めた。そこに、接収したピラミッドが降りている。ラール時間で十二年前、一任務コマンドがこれを奪い、ヴォルターハーゲンまで運んだのである。マスティベック人はこの事件のことを、まったく気づいていないらしく、ラール人政府や公会議が抗議をうけたことはない。

しかし、ピラミッドそのものの秘密は、遺憾ながら解明できなかった。科学者二名がずっと研究しているが、まだなにひとつわかっていないのである。

にもかかわらず、フォンステルタン＝モルクはピラミッドに魅了されていた。古代の自然科学者の言葉を思いだす。

「ラール人とマスティベック人には、自然ともとめあう結びつきがある。それをうけいれるのだ。変えようとしてはいけない」

ふだんなら、〝自然ともとめあう〟という発想そのものを、うけいれないところだ。説明不可能な定義には、価値がないし、自然現象はすべて征服できると確信している。

しかし、これまでの結果を考えると、その言葉をうけいれたくなってくる。

技師とともにホールにはいった。壁は黒く焦げ、艦は瓦礫《がれき》になかばおおわれている。防御壁にもひびがはいっていたが、役目ははたしたようだ。

ため息をついて、

「次の実験は百日以内にスタートできるな。どうやら、新しいホールを建設する必要がありそうだが」

壁の裂け目から、古い着陸床が見える。ヴォルターハーゲンに新宇宙港ができる前は、そっちが主着陸床だった。この惑星を開発したラール人グループは、奇妙にも都市の近くに宇宙港を建設しなかったのだ。

もっとも、おかげで旧宇宙港エリア全域を、巨大実験ステーションとして利用できるわけだが。

ヴォルターハーゲンには、こうしたステーションが四つある。そのなかでも、ここはもっとも重要な場所だ。

「また首席に腹をたてているのですか？」と、ジェコルファント＝プロンクがたずねる。同情のこもった声だ。

「ああ」科学者はそっけなく答えた。実際、その件はもう忘れていたのだ。ベルトからすばやく通信機をとり、主研究室を呼びだす。

「プロジェクトの全参加者に伝えてくれ。今夜、小ランナーのホールで会議を開催する。実験結果について討議したい」そこでひと呼吸おき、技師に目をやると、「それまでに、必要なデータを用意できるか？」

「もちろんです！」と、若者は、「記録はすでに、主研究室にとどけてありますから」

「期待しているぞ」フォンステルタン＝モルクはそういって、スイッチを切った。

「首席もくるでしょうね」と、ジェコルファント＝プロンク。

「もちろんだ！」

ふたりはまた歩きだし、破壊された実験スタンドを見てまわる。金属表面はまだ熱い。やがて、一コマンドがはいってきて、艦の状態を調査しはじめた。

科学責任者はそれを見ながら、このプロジェクトの犠牲者に思いをはせる。これまでに、四十一名が命を落としていた。破壊の規模が予想を上まわった結果である。

政府はそれでも、この研究をつづけたもの……

技師に、クリニックに行くよう命じると、自分は後方のドアからホールを出た。旧着陸床を見やる。グレイの堆積物の向こうに、マスティベック・ピラミッドがそそりたっていた。こうして眺めると、奇妙なモニュメントそのものだ。

ぼんやりと近づいていく。

無数のラール艦がさまざまな銀河で、これと同じピラミッドから、エネルギーを供給されていた。

太古からずっと。

この轅《くびき》から、解放されなくては！　フォンステルタン＝モルクはあらためて、決意をあらたにした。

＊

旧宇宙港の管理棟は、研究室に使われている。

主研究室の窓からは、施設の全域を眺めわたすことができた。

会議がはじまるまでは、まだしばらくある。フォンステルタン＝モルクはその時間を使って、会議のことを考えていた。

ここからは見えない、着陸床の反対側に、新しい建物があり、そこにベラグスコルスが保管されている。だが、このケロスカーの複雑な装置が、実際に使用されるとは思えない。

ラール艦も次元トンネルを利用する場合は、ほかの公会議種族と同様、ツグマーコン特殊船の誘導を必要とする。しかし、ベラグスコルスをSVE艦に搭載できれば、その状況が一変するはずだ。

だが、政府は緊急時に使えるという事実だけで、満足しているらしい。これまで、ベラグスコルスの装備はずっと見送られてきた。

理由はわかる。

政府は対抗処置を恐れているのだ。もともと、ツグマーコン人は各種族が、専門領域で競合するのを好まない。

これまで、エネルギー供給問題の研究をつづけてきたのは、ベラグスコルスに興味があったからである。この命題を解決したら、次はベラグスコルスの研究に専念したい。もっとも、エネルギー・プロジェクトが完了するのは、まだまだ先のことになるだろうが……

数分後、主研究室を出ると、また政府首席と出くわした。

クノルグ＝トムトは科学顧問三名を連れている。いずれも、たいした科学者ではないが、その功名心は脅威といっていい。

「おお！」と、首席が声をあげた。ここで出会ったのが意外だったらしい。「もちろん、会議に向かうのだな？」

「ええ」と、簡潔に答える。

小男は近づいてくると、なれなれしい態度で、

「ちょうど、おもしろい報告がはいったところだ」と、科学責任者を見上げ、「ツグマーコン人がまた派遣団を送ってきたらしい。一隻が探知された」

「おもしろいとは思いませんが。定期便ではないのですか？」

「今回はケロスカーの計画外だそうだ！」と、クノルグ＝トムト。「きっと、興味深い

展開になるぞ」

相手の考えは手にとるようにわかる。首席は中央政府の思惑がわからず、あせっているのだ。

この小男にとって、ヴォルターハーゲンは流刑地《るけいち》にひとしいのだろう。そう考えると、めずらしく親しみをおぼえ、

「理由はすぐわかるでしょう」と、いった。「たんなる連絡ミスかもしれません」

そのあと、首席とわかれ、小ランナーのホールに向かいながら、そのツグマーコン船について考える。かれらの訪問には、いつも特別な意味があった。今回についていえば、ケロスカーの計画が正確に実行されていないことと、なにか関係があるにちがいない。

フォンステルタン＝モルクは〝愛国者〟を自任している。つねにラール人のためにつくしてきた……公会議のためではなく。それどころか、過去には公会議のやり方に、何度も疑問をおぼえたこともある。

とはいえ、政治状況に深刻な変化があれば、自分にも大きな影響があるはずだ。ホールにはいり、その思いを断ち切る。いまは目の前にある困難な問題に、全力をつくさなければ。

6

飛行は平穏そのものだ。そのため、アラスカ・シェーデレーアはかえって不安にかられた。迷信深いわけではないが、幸運がつづくと心配になるのだ。

ラール人銀河では、SVE艦に遭遇するにちがいない。そう想定して、準備をととのえてある。オルウとプィは、ラール人が問いあわせてきた場合、乗員はツグマーコン人だけだと主張する手はずになっていた。だが、意外にも、こういう準備は必要なかったようだ。SVE艦は接近してこなかったのである。

おそらく、ラール人はブラックホールを恐れ、接近してこないのだろう。ほかに考えようがない。

《モルゲン》はまっすぐに、惑星ヴォルターハーゲンをめざした。ブラックホールからは三万光年ほどだ。飛行中、何度もSVE艦を探知した。それだけでなく、ほかのタイプの船も見かける。つまり、この銀河にはラール人以外にも、星間航行技術を有する種族が存在するということ……

「こちらも探知されている。その前提で行動するのだ」スピーカーから、ペリー・ローダンの声が響いた。「オルウとプィによると、ツグマーコン船がこの銀河を訪問するのは、それほどめずらしいことではないそうだ。だから、コンタクトも通常どおりでいいはず」

「例の地下グループとコンタクトできればいいのに」グッキーの声だ。「ほら、ロクティン＝パルのグループさ。きっと力になってくれるぜ」

「無理だろう」と、ローダンが応じる。「たしかに、友好関係にはあるが、探すのに時間がかかりすぎる。それに、ラール人の注意をひくこともない」

ラール人はこの銀河の絶対的支配者であり、敵がその主要惑星を攻撃するとは思っていない……チーフはそう考えていた。したがって、警戒態勢も厳重ではなく、ヴォルターハーゲンがめぐるテモント星系に、問題なく到達できるはずである。

問題は到達してからだが、これはテモント星系にどのくらいSVE艦がいるかによって、いくつかオプションを用意してあった。

ともあれ、まず恒星テモントを探しださなければならない。ローダンはグッキーをたよりにしているらしい。たしかに、テレポーターがいなければ、この作戦ははじまらないだろう。

さいわい、テモント星系は銀河中枢部近くにあった。テラナーにとっては好都合だ。

いざとなれば、無数の恒星を探知の楯にできる。

《モルゲン》の記憶バンクによると、恒星テモントは惑星七つを擁し、ヴォルターハーゲンはその第二惑星だそうだ。

しかし、中規模の惑星で自転周期は二十九時間というだけで、詳細な記録はない。つまり、自力で情報を得なければならないということ。

＊

《モルゲン》司令室の大スクリーンにうつしだされたテモントは、明るい赤色恒星だった。船はいまも数十光速で飛行している。あと数分で、そこに到達するはずだ。

休息をとっていたオルウは、すこし前に司令室にもどった。闇のスペシャリストはふたりとも、いつでも突発的事態に対応できる態勢である。

ラール艦とツグマーコン船では、装備がまったく違う。シェーデレーアが見るところ、《モルゲン》はラール艦隊の攻撃に耐えられそうもない。チーフも同じことを考えているらしく、くりかえし慎重な行動をもとめていた。

特殊船は星系の半光年〝手前〟でアインシュタイン空間に復帰し、そのまま飛行をつづける。

そのあいだに、探知・計測機器が総動員された。

その結果、星系外縁でSVE艦十七隻を確認する。

「過小評価できない戦力だな」と、チーフはがっかりしたようすで、「星系内には、相当数の部隊が駐留しているぞ」

「すべて順調ではない……それだけの話です」と、フェルマー・ロイドが、「とにかく、作戦どおりに進めましょう」

ローダンは考えこんだ。ベラグスコルスを奪えるかどうか、可能性をはかっているのだろう。だが、アラスカが見るかぎり、作戦を中止するとは思えない。

「搭載艇で接近しよう」チーフは決断した。「オルウ、操縦をたのむ。乗員はヴォルターハーゲンを偵察する。《モルゲン》はそのあいだ、近傍の恒星を調査して、それを対探知の楯とする！」

オルウが操縦を担当するのは、当然だろう。プィより強靱で、経験も豊富だから。

ペリーはグッキーを呼びよせて、

「もちろん、きみを軽視する気はないぞ」と、いった。「テレポーターがいないと、作戦は失敗する」

そこではじめて、シェーデレーアを見やり、

「ちびと出撃してもらいたい！」

マスクの男としては、予想どおりである。殲滅スーツの存在や、異生物とのコンタク

ト経験からして、イルトとの共同作戦は当然だった。

「四人めは、イホ・トロトがいい」と、チーフがつづける。アラスカは凍りついた。

「トロトスの能力は、ちびやアラスカも無視できない。もちろん……」

そこで口を閉じる。シェーデレーアが思わず声をあげたのだ。

「なにか問題があるのか?」

転送障害者は息をのみ、フェルマー・ロイドに目をやった。だが、テレパスは視線をそらし、なにもいわない。

「では……トロト本人に聞くのはどうだ?」

チーフはそういって、眉間にしわをよせる。シェーデレーアがなにをいいたいのか、わからないのだ。

「問題があるかな、トロトス?」と、ハルト人にたずねた。

「いえ、なにも」と、ハルト人は、「すべて順調です! アラスカですが、いささか神経質になっているようで」

ローダンは転送障害者を見つめた。なにを考えているか、読みとろうとしているようだ。だが、さいわい、プラスティック・マスクがある。これがなかったら、表情を悟られていただろうが。

「トロトを心配しているようだが」と、あらためて口を開く。「本人が万全の態勢だと保証している。奇妙な行動は、衝動洗濯のせいだそうだ」

「わかりました！」と、アラスカはいった。

では、チーフも認めたくないのだ。

一瞬、それでも真実を告げようと思い、近づこうとする。だが、かたわらにきていたフェルマー・ロイドが、すばやく腕をつかんで、

「アラスカとトロトは、いままでどおり、うまくやっていくようです」と、いった。

「そうだろう、トロトス？」

「もちろん」と、ハルトの巨人がうなる。「なにを話していたのか、さっぱりわかりません。とにかく、そういうことで」

ローダンはうなずき、

「では、すべて問題なしだな！　だったら、これ以上は時間をむだにしたくない！」

トロトはうまくたちまわった……シェーデレーアとしては、腹だたしい気分である。とはいえ、ハルト人の計画は尊重しなければならない。さらにいうと、〝発作〟も考慮に入れなければ……いつ発作を起こすか、わからないのだから。

この問題は考えないようにした。いまはローダンに命じられた任務がある。

オルウとともに、《モルゲン》の格納庫にもどった。トンネル船の搭載艇は、いずれも直径が五メートルのシリンダー状で、全長は十二メートルたらず。超光速エンジンと、

エネルギー兵器を搭載していた。格納庫には、同じタイプの小型艇が十五隻ある。

その一隻を選んで、出撃準備をととのえた。操縦席にはオルウがすわり、グッキー、アラスカも座席につく。巨漢のイホ・トロトは備品庫でがまんするほかない。

《モルゲン》のテラナーたちが、出撃コマンド用の装備を運びこんだ。防御兵器と探知機は欠かせない。携行型小型転送機も、ひろいスペースを必要とする。

搭載艇は探知を避けて、山脈に着陸させる計画だった。地形的に、着陸できない場合は、グッキーがアラスカとトロトを連れて、テレポーテーションする。

とはいえ、うまく着陸できれば、それだけチャンスがひろがるはずだ……

準備が完了すると、ローダン、グッキー、トロトが格納庫にやってきた。ネズミ＝ビーバーは防護服を身につけ、いつでもヘルメットを装着できるようにしている。一方、トロトはいつもどおり、すりきれた古代の戦闘服を身につけていた。

オルウは航法士席についている。惑星に到達できるかどうかは、スペシャリストの航法技術にかかっていた。

「任務終了まで、三日の猶予がある」と、ペリーはマスクの男に、「そのあいだに、ヴォルターハーゲンを徹底的に観察するのだ。もちろん、敵に発見されないように。もし見つかったら、ベラグスコルスを手に入れることはできなくなる」

アラスカはうなずいた。

「もちろん、最重要任務はベラグスコルスの保管場所をつきとめることだ」ローダンがつづける。「安全のため、連絡をたやすな」

「三日以内に成果が得られない場合は？」と、転送障害者。

「現実を直視するほかないな。ラール人がほかの惑星に運んだ可能性は否定できない。ドブラクの詳細な説明をもとに……あとはネズミ＝ビーバーのテレパシーに期待するほかあるまい」

「ラール人がそうそうかんたんに、秘密を漏らすとは思えないね」と、グッキーが口をはさんだ。

「ヴォルターハーゲンには、ラール人以外の種族もいるはずだ」と、ペリーは、「その線を探ってみるのだ。〝めずらしい機械〟の所在を」

シェーデレーアはほとんど聞いていない。いまなにをいっても、すべては無意味な仮定にすぎないから。次の行動を考えるのは、惑星に降りてからだ。しかし、それをいま口にする必要もなかった。

トロトはコクピットに隣接する備品庫にはいり、装備の山のあいだに、なんとかすわる場所を見つける。グッキーはオルウの隣りだ。

一宙航士が防護服をさしだす。アラスカはそれを殲滅スーツの上から身につけた。

ローダンたちは格納庫を出て、司令室にもどる。探知をまぬがれるため、当面は通信封止をつづける予定だ。

やがて、格納庫エアロックが開いた。

オルウが暗い声で、「この小型艇の外被だが、薄い皮膚みたいだな。トンネル船ほど頑丈ではない」

トランスレーターがその言葉を、すぐインターコスモに変換する。

アラスカはシートにからだをあずけ、透明壁の奥の備品庫に目をやった。ハルト人はぼんやりと、床にすわっている。

「スタート！」と、オルウにいった。

搭載艇がゆっくりと格納庫をはなれ、次の瞬間、加速を開始。マスクの男が赤い恒星テモントを探していると、まもなく中間空間にもぐりこむ。闇のスペシャリストの操縦はみごとだった。ヴォルターハーゲンの大気圏上層部で通常空間にもどると、そのまま大気圏に突入したのである。

テラナーの計算では、発見される可能性はほとんどない。ラール人が研究惑星を厳重に警戒しているとは思えないから。しかし、それでも迅速に行動しなければ、いずれ探知されてしまうだろう。

いってみれば、潜入が成功するかどうかは、偶然で決まるのである。

それからの数分は、苦痛をおぼえるほどゆっくり経過した。だが、集中するオルウをじゃましないよう、沈黙を守る。惑星周辺にSVE艦の姿はなかったが、しばらくすると、第四惑星から一隻がスタートする。しかし、星系の外に向かうところを見ると、こちらに気づいたのではないらしい。

星系外縁に展開する部隊も、それまでのコースを維持したままだ。

おそらく、この宙域は安全だと思いこんでいるのだろう。

「準備するんだ！」と、オルウがいきなりいった。「テレポーテーションが必要になるかもしれない！」

搭載艇が惑星の夜側に飛びこむ。大気圏上層部に目をやると、その上縁に銀色の縞模様が見えた。恒星の光だ。そのあたりの地表では、これから〝日の出〟を迎えるのだろう。

「ヘルメットを閉じるんだ！」と、アラスカはグッキーにささやく。

イルトはそれにしたがうと、友の手をとった。搭載艇からのジャンプは、技術的にむずかしいそうだ。それに、今回は地表に降りる前に、トロトと肉体的コンタクトをはかるため、備品庫に〝途中下車〟しなければならない。

したがって、テレポーテーションは最後の手段にしたかった。

オルウがエンジン出力を落としながら、急降下にうつる。数秒間、コクピットから見える地表がかたむいて見え、次の瞬間には壁のようになった。

だが、闇のスペシャリストはおちつきはらって、探知機のスクリーンを作動させる。まもなく、朝日に光る海岸線がうつしだされた。スクリーンの下端には、都市が湾にそってひろがっている。内陸部はまだ暗く、都市の輪郭がぼんやり見えるだけだ。また、山岳地帯は無人らしい。

その光景に見入っていると、搭載艇が着陸態勢にはいった。まだ高速で降下をつづけているが、エネルギー反撥フィールド・プロジェクターが作動したので、それとわかる。対探知システムも機能しているが、これは監視者がいる場合、限定的効果しか発揮しない。

山脈がしわのよった皮膚のように見えてきた。山頂には冠雪がある。小型艇は岩壁すれすれを飛び、まもなく峡谷にはいった。闇のスペシャリストは減速をつづけ、肉眼でも周囲のようすをくわしく観察できるようになる。

峡谷は予想したより、かなり深い。

シェーデレーアは探知スクリーンに視線をうつした。

やはり、ラール艦は見あたらない。とはいえ、安心するのはまだ早いが。敵は思いがけない方法で、待ちかまえているかもしれないのだ。

オルウも同様に考えているらしく、着陸地点を慎重に選んでいる。いまは森の上を通過しているが、必要ならいつでも離脱できるよう、手は加速レバーにおいたままだ。

やがて、静寂が苦痛になってきた。

トロトが備品庫からいつもの大声で、「そろそろかくれ場を探そう」

マスクの男は振り返り、片手をあげて、

「いや。発見されていないか、確認するほうが先だ」

さらに数分が経過。

「このあたりで、危険をおかしてみよう」と、シェーデレーアはあらためていった。

「着陸してくれ。ただし、いつでもスタートできるようにたのむ、オルウ」

小型艇は森の空き地に降下した。着陸脚が地面に触れると同時に、ハッチが開く。

転送障害者はコクピットから外に出て、周囲を眺めまわした。木のあいだにも藪があり、地面はやわらかい。木の枝はコルクぬきに似たかたちで、黄色い葉が茂っている。下生えも密度が濃い。足もとからちいさな軟体動物が逃げだしていった。

トロトとグッキーも出てくる。

山頂が朝日に輝いた。上空に飛行物体の姿はない。

「着陸を見られたら、とっくに反応があるよ」と、ネズミ＝ビーバーがいった。「転送機を組みたてて、次に進もうぜ」

「そうしよう」と、シェーデレーアはうなずき、「トロトは付近を監視してくれ」

反論されると思ったが、ハルト人はなにもいわない。

イルトとふたりで、いったん搭載艇にもどり、転送機のパーツを運びだす。オルウは操縦シートについたまま、異常なしと報告した。組みたてる場所は、搭載艇から五十歩ほどはなれたところに決める。このタイプの転送機なら、トロトも利用できる。

作業は一時間ほどで終了。恒星テモントが山のあいだから見えた。トロトは動かず、黙ったままだが、ヘルメット・テレカムで呼びかけると、異常なしとそっけない返事。

ネズミ＝ビーバーがヘルメットを開けて、テレカムを切った。トロトやオルウに聞かれずに、話をしたいようだ。同じようにすると、

「なんでトロトを遠ざけるのさ？」と、いきなりいった。「ふたりとも、なんかおかしいぜ。ぼくにはわかるんだ」

「わたしの思考を読めばいいじゃないか？」と、苦々しく答える。この展開は考えていなかったのだ。

「のぞき屋じゃないぞ、ぼかあ！」イルトはいきりたった。「了解を得ないで、思考を読むはず、ないだろ？　わかってるじゃないか！」

「すまない」と、アラスカはあやまり、「トロトとは、べつになにもない」

「ほんと？」グッキーは信じない。「ふたりのことは、よく知ってるんだ。親友じゃなくなったみたいに見えるぜ」

アラスカはかぶりを振った。話題を変えようとして、

「だれにでも、機嫌が悪いときはある」と、はぐらかす。「それだけだろう。とくに理由はないんだ」

ネズミ＝ビーバーは満足していない。それを見て、

「それより、いまはもっと重要なことがあるぞ」と、つけくわえた。

足音を響かせて、ハルト人がやってくる。見張り役を放棄したのだ。しかし、非難はしないことにする。これ以上、関係をこじらせないほうがいい。

トロトは転送機にかがみこみ、問題なく作動するか、チェックした。

「へ！」と、イルトが声をはりあげる。「信用してないの？」

「気を悪くしないでくれ」と、ハルトの巨人は、「すべて問題ないと、自分でたしかめたかったのだ」

グッキーは目をまるくして、

「どういうこと？」

子供を思う親の心境か！　とアラスカは気づいた。

「再確認しただけだ。問題ないだろう？」と、ふたりをとりなす。

三人は搭載艇にもどり、装備をととのえた。アラスカはコクピットをのぞきこんで、

「探知は？」と、たずねる。

やはり異常はないそうだ。

「では、出発しよう」と、トロトとグッキーを振り返り、「装備をチェックしてくれ。とくに、デフレクターを」

デフレクターだけでなく、個体バリア、ヘルメット・テレカム、武器が正常に動作するかどうか、確認した。

オルウは搭載艇にのこり、ラール人捜索隊があらわれた場合にそなえる。

ネズミ＝ビーバーが友ふたりと手をつないだ。

三人で都市に潜入して、ベラグスコルスの所在をつきとめるのだ。困難な任務だが、不可能ではない。

ドブラクによると、ベラグスコルスは樽型の装置だそうだ。複雑で、二十一の主要セグメントからなり、エネルギー凝集体をコントロールできるという。

とはいえ、発見すれば、《モルゲン》に積みこんで〝扇〟まで運べるはずだった。

もっとも、いまそこまで考えても意味はない。とりあえず、都市に潜入することに集中しなければ。

7

会議は終了した。フォンステルタン＝モルクは今回の失敗にもかかわらず、楽観的認識を披露したもの。実際、科学責任者も、その部下たちも、あと三、四回、大規模実験をくりかえせば、実験艦の建造にこぎつけられると考えていたのだ。

会議が早朝まで長びいたのは、クノルグ＝トムトの質問で、議事がたびたび中断したためである。

フォンステルタン＝モルクは自宅にもどらなかった。家にいても、休養できないとわかっているから。さまざまな研究セクションから、ひっきりなしに問いあわせがあるのだ。だから、いつでも質問に答えられるようにしなくてはいけない。

小ランナーのホールを出て、食事をしようと供給センターに向かった。ひとりでテーブルにつき、つかの間の静寂を楽しむ。いまはだれもいないが、そのうち技師や科学者が、朝食をとりにくるだろう。

突然、インターカムのチャイムが鳴りひびいた。

ドアの上のスクリーンに、女の顔がうつり、

「認識ロボットで、居場所がわかりました」と、告げる。「すぐ主研究所にもどってください。それとも、そちらに行きましょうか？」

ワルコル＝ターナは信頼できるスタッフのひとりだ。

科学責任者はテーブルの下で脚を伸ばした。どうすれは、もうすこしこの時間を楽しめるだろう？

「いまは朝食中でね」と、いってみる。「なにか事件が起きたのか？」

「ヴェルセルノルク＝ラルクから連絡がありました。ツグマーコン船がテモント星系近傍にあらわれたそうです」

フォンステルタン＝モルクは思わずほほえみ、

「最近はツグマーコン船も、あちこちにいるのだな」と、皮肉に応じた。「おそらく、ケロスカーの計画が停滞しているので、説明をもとめているのだろう。もっとも、こちらがそう考えているだけかもしれないがね」

「ヴェルセルノルク＝ラルクですが、特別な対応を考えるべきかどうか、たずねていま
す」

「なぜ？」科学責任者はいらだった。「わたしは外交官ではない。ツグマーコン人は政府と連絡をとるはずだ……われわれではなく。そう伝えてくれ」

若い女がため息をつく。

「まだなにかあるのか？」

「グライケンボルト＝ファアルクから問いあわせです」

「なるほど」

グライケンボルト＝ファアルクはピラミッドの研究にあたるふたりのかたわれだ。備品を請求するため、よく連絡してくる。部署は違うが、ふたりの要求はなるべくかなえるようにしていた。

「で、旧友はなんと？」

「レッガルトール＝ヴレントが探知結果を送りたいそうです」

「探知結果？　どういうことだ？」

助手は迷っているようだった。上司のじゃまをしたことを、後悔しているらしい。

「話してくれ！」と、うながす。「それほどひどい話じゃないだろう？」

「グライケンボルト＝ファアルクが待っています。回線をつないでいいでしょうか？」

「しかたあるまい！」科学責任者はため息をついた。

映像が切り替わり、ピラミッド研究者ふたりがうつしだされる。どちらも重放射線防護服を着用しているので、その表情はうかがえない。そのため、素人ふたりが毎日ピラミッドを這いまわり、その秘密を暴こうとしているのを想像してしまう。

「手短かにたのむ！」と、フォンステルタン＝モルクはいった。「時間がなくてね」

「われわれ、ピラミッド内部を探知機器で調べています」と、グライケンボルト＝ファアルクがいつものまわりくどい話し方で、「そうすれば、未知の危険ファクターを発見し、その位置を特定できるでありましょう」

「なるほど」責任者はつとめて冷静に、「で、成果があったのか？」

「ないのです！　奇妙な探知結果が得られましたが、ピラミッド外の現象によるものでしょう」

フォンステルタン＝モルクは声を荒らげた。「ピラミッド内部では、いつもそういう結果が出るはずだぞ」

ピラミッド研究者は立ちあがり、

「正確な位置は探知できませんでしたが、大きさの違う物体三つが、都市内部に出現したようです。虚無から生じたのです」

きっと、ほかの研究グループによる実験を探知したのだろう。

時計に目をやる。ずいぶん朝早くから、研究に熱中している者がいるらしい。

「そこから推論できることは？」と、たずねる。興味があるわけではない。礼儀のようなものだ。

「それがわかれば、これ以上は考える必要もないのですが」

「ほかにめずらしい発見があったら、また報告してくれ」そういって、インターカムを切る。

しかし、食事にもどっても、この報告が頭からはなれない。ピラミッドのふたりは変人だが、無能ではない。その探知結果は信頼できるだろう。

またインターカムのところに行って、警備センターを呼びだし、異常がないかとたずねた。

「もちろん、しずかなものです!」と、保安責任者のカリオ＝ウルクがいつものように、尊大に答える。

科学責任者は一瞬ためらったが、ふたりが計測した現象を伝えた。ためらったのは、相手がどう反応するか、想像できたからだ。

案の定、カリオ＝ウルクは傷ついたようである。

「年老いたふたりが気づいたことを、われわれが見逃したと思われるので?」

「問題の時間に、探知システムを監視していただろうか?」

自分でも、なぜこだわるのか、よくわからない。おそらく、保安責任者の尊大な態度のせいだろう。だが、それだけではない。実際のところ、この男の話し方は、たいした問題ではないし、警備センターには優秀な人材がそろっている。

「探知システムは休みなく機能しています!」男は断固とした口調で、「もちろん、常時監視は警報発令中だけにかぎられますが」

「やはり、そういうことか」フォンステルタン＝モルクはうなずいた。「では、ただちに全セクターを調べ、ひととおり確認してくれ」

「それは……無意味でありましょう！」保安責任者が声を荒らげる。

「命令を実行するのだ！　あとで詳細な報告を提出してもらいたい！」

インターカムのスイッチを切った。もうおだやかな気分には、もどれそうもない。食事をあきらめ、執務室に向かう。だが、やはりピラミッド研究者の報告が気になって、なにも手につかなかった。

＊

デフレクターには、大きな欠点があった。作動させると、エネルギー放射を探知される可能性があるのだ。

だが、アラスカ・シェーデレーアはあえてデフレクターを使用することにした。でなければ、潜入に成功しても、すぐ見つかってしまう。

この判断は正しかったようだ。グッキーが実体化したところは、町はずれのスポーツ娯楽施設だったのである。

そのため、早朝にもかかわらず、あちこちにラール人がいた。アラスカはヘルメットを開け、テレカムを切る。もともと、テレカムは緊急時をのぞいて、使用しないことになっていた。

娯楽施設と都市中心部のあいだには、広大な公園がひろがっている。早朝の光を浴びて、中心部の高層建築群は、現代的な巨大な要塞のように見えた。

「おかしいよ。ベラグスコルスが町の真ん中にあるとは思えないな」と、グッキーが口を開く。「産業・研究施設はさ、ふつう、安全を考えて、居住地区からはなれてるもんだろ？　そういう場所を探したほうがいいんじゃない？」

「公園に通じる道が見えるか？」シェーデレーアはそれに答えず、「あそこに行ってみよう。ちびはテレパシーをためしてくれ」

娯楽施設の一画に、若いラール人が集まっていた。ボウルを伏せたようなかたちのグライダーで、都市からやってきたようだ。なにかのスポーツに興じているらしい。

「ひとり、捕まえようか？」と、ネズミ＝ビーバーが提案。「なんか知ってるかもしんないよ」

「だめだ！」と、マスクの男はそれを制して、「あやしまれたら、最後だぞ！」

施設の入口近くに、大きな地図が掲示してあった。ラール人の記号はよくわからないが、それでも一部は連想できる。たとえば、都市と公園施設領域は、異なるシンボルがならんでいるので、すぐにそれとわかった。また、明らかにＳＶＥ艦と思われるシンボルもふたつある。

「どう思う？」と、仲間にたずねた。

「宇宙港がふたつあるね」と、イルトがつぶやく。「ひとつは都市のすぐそばで、もうひとつはかなり遠い。近いほうが利用しやすいだろうな」

アラスカは地図を眺めながら、

「どこかにベラグスコルスがあるはずだ」と、考えこんだ。「それも、この宇宙港から、どこかに運ばれたにちがいない」

「地図で場所を特定できるか、ちびさん？」と、トロトがネズミ＝ビーバーにたずねる。

「だいたいはね！」と、イルトは、「アラスカに行き先を決めてもらおうぜ」

転送障害者は考えこんだ。ラール人がこの比較的ちいさな都市に、ふたつも宇宙港を建設した理由がわからない。ふつうに考えれば、用途が異なるのだろう。だとすると、都市に近いほうは一種の〝市民宇宙港〟で、ベラグスコルスのような機器が保管されているとは思えない……

「向こうの宇宙港に行ってみよう！」と、決める。「危険なのはわかっているが、もう一度ジャンプしてくれ」

両手でグッキーの手を握り、非実体化を待つ。

ネズミ＝ビーバーが、「さ、トロトス！」

だが、返事がない。

「トロト！」マスクの男は大声を出した。「トロト、なぜ答えないんだ？」

「どっかに行っちゃったぞ」と、グッキーがあきれる。

シェーデレーアは唇を噛んだ。いつか、こうなると思っていたのだ。いやな予感が的中してしまった。

「そこらを散歩してるのかもね」と、ネズミ＝ビーバーが、「ヘルメット・テレカムをためしてみる？」

「だめだ！」と、転送障害者は声を荒らげて、「こうなったら、トロトなしで作戦を進めるしかない！」

「どうかしてるぜ！　ここに置いてくっていうの？　トロトひとりじゃ、搭載艇にもどれないよ！」

怒りがこみあげてくる。やはり、トロトの参加は拒否するべきだったのだ。ローダンに真実を告げることになっても……

気がつくと、〝当人〟が近づいてきた。

「公園の反対側に行ってみた」と、告げる。「案内板を見つけたのだが、これとほとんど同じだな」

「行く前に、そういってくれ！」シェーデレーアは怒りにまかせて、「心配していたんだぞ！」

だが、ハルト人は平然として、「おちついてくれ、テラナー！　それほど先の話でもなくなったのだ」

「なんのこと？」と、グッキーが口をはさむ。

意外にも、巨人は進んで答えた。

「わたしは親になるんだ！」

ネズミ＝ビーバーは大きく息を吸いこんだが、なにもいわない。この情報を咀嚼《そしやく》しているのだろう。

「たしかなの？」と、しばらくしてから、ようやく声をしぼりだす。

「ハルト人には、子孫の到来がわかるのだ！」

「でも……そしたら、あんたは死んじゃうんだろ？　違う？」そこで突然、目を見開いて、「そうか。アラスカ、あんた、それで悩んでたんだな？」

「そういうことだ」マスクの男はしぶしぶ肯定した。

「作戦はここまで！　すぐ中止しなくちゃ！」と、イルトがつづける。「トロトスのほうが、だいじだよ！」

「おちついてくれ！」と、ハルト人が口をはさんだ。おさえた声で、「自分がここにいる理由は、正確にわかっている。それに、わたしの最期を恐れることはない。子供の誕生には、正当な理由がある。種族にとって、当然の摂理なのだ」

「なにがいいたいんだ？」と、マスクの男はたずねた。

「ハルト人はおのれの死を予感したところで、子供をもうけるのだな」と、トロトが説明する。「これは年齢の問題ではない。わたしについては、《ソル》がバラインダガルで、大いなる黒いゼロに落下したころはじまった」

これで、はっきりした。ケロスカー銀河のブラックホールに突入するという冒険が、トロトには一種の〝警告〟になったのだ。その結果、ハルト人は本能にしたがって、行動しはじめたわけである……

「いつ……それはいつ起きるの？」ネズミ＝ビーバーがおずおずとたずねる。

「わからない。さまざまな外因によって、微妙に変わってくるから。そのあいだ、平静をたもたなければならない」

「聞いたろ、アラスカ？　興奮させちゃいけないんだよ」

「それが真実だと、なぜわかる？」シェーデレーアには、信じられない。

「なんでさ？」毛皮生物は怒った。「そういういい方はないだろ？　イホが興奮するだけだぜ」そういうと、ハルト人に向きなおり、「トロトス、ぼくがなんとかするよ」

マスクの男は驚いて、

「巨人を看護するっていうのか？」

「当然だろ？　いまはとくに、繊細さが必要なんだ！」

「繊細だって？　その繊細な男が厨房を荒らして、ハッチを破壊したんだぞ！」

「それと精神的問題は、ぜんぜん関係ないじゃないか！」

「なぜ文句をいわない？」シェーデレーアはハルト人に矛先を向けた。「強引に母親役を押しつけられたんだろう？」

トロトは咳ばらいして、

「必要だからだ！」

「そうか！」アラスカはうめいた。「だったら、いまここで妊娠相談所をつくるか、それとも緊急の問題を解決するか……どっちだ？」

「トロトスは親になる……それを前提にすれば、話は先に進むと思うよ」と、ネズミ＝ビーバーが提案する。

転送障害者は愕然として、

「本気なのか？　助産婦役をやれと……」

イルトはすかさず、「子供の将来はね、生まれる前に決まるんだ。母親が神経質になったら、胎児に悪い影響をあたえちゃう。わかってるだろ？」

「この巨人が神経質になっている……そういうつもりか？　それに、トロトは母じゃない。父でもある。人間とは違うんだ！」

「ごめんよ、トロトス！」と、グッキーはいった。どこか父性を感じさせる口調だ。

「アラスカのやつ、理解したくないんだよ。心がまえができてないんだ」

マスクの男は耐えきれなくなり、ネズミ＝ビーバーの腕をつかんで、

「もうたくさんだ！　ふたりで父性だか母性だかを語る前に、次の宇宙港にジャンプしてくれ！」

8

グライケンボルト＝ファアルクは小型機器の前でひざまずき、スクリーンをさししめした。三つの光点が明滅している。

「まただぞ！」と、興奮をあらわに、「見たか、レッガルトール＝ヴレント？」

「もちろんだ」共同研究者はためらいがちに、「インパルスは明らかに強くなっている。すぐそばだな」

「なにかが起きているんだ。われわれには理解できないなにかが」

ふたりはマスティベック・ピラミッドの基部にいた。偶然、奇妙なインパルスを探知してから、ここでずっと観察をつづけている。

「警備センターに連絡しよう！」と、レッガルトール＝ヴレント。「きっと関心をしめすはずだ！」

グライケンボルト＝ファアルクは科学責任者との不毛な会話を思いだし、

「おろか者は無視していい！」と、立ちあがって、ピラミッドの出口をさししめした。

「こういう予測不可能な事態には、まるで対応できないのだから」

同僚はため息をつき、

「われわれだけで探すのか？　いや、当該地域はひろすぎる。どこから探したらいいか、手がかりもないのだぞ」

「わたしにはわかる！」ピラミッド研究者はにやりと笑い、「この地域で重要なのは、三カ所だけだ。このピラミッド、実験ホール、ケロスカーの装置がある建物。そのうち、ピラミッドは除外していい」

同僚はかんたんには納得しない。

「でも、われわれの専門領域じゃない」と、反論する。「ふたりの任務はピラミッドの調査だ。ほかに手を出すのはまずい。経験からわかるが、他人の領域に介入すれば、反感を買うだけだぞ。保安責任者にまかせよう」

「カリオ＝ウルクはこの惑星が、大宇宙でもっとも安全な場所だと考えている」

レッガルトール＝ヴレントは探知機を指さし、

「インパルスは出現して、すぐまた消えた。ただの自然現象さ」

「だったら、きみはここにのこれ」と、グライケンボルト＝ファアルク。「わたしは外を見てくるから」

隣室にはいって、装備をととのえる。最後に武器ベルトを着用すると、同僚を振り返った。相《あ》いかわらず、探知機の前で躊躇しているようだ。

「友よ」と、声をかける。「正直にいって、ふたりが一生をかけても、ピラミッド調査は終わらない。成果をあげられずに死んでいくわけだ。しかし、いま重要な発見をすれば、ほかの者もふたりの意見を尊重するようになる。そうなれば、研究チームも増員できるぞ」

この言葉は効いたようだ。同僚も立ちあがると、装備を身につけはじめる。

ふたりは外に出た。陽光がまぶしい。長いあいだ、ピラミッド内で暮らしているためだ。着陸床をわたってくる風をうけながら、歩きだす。あたりは廃墟のようだ。生活の痕跡があるのは、実験ホールのそばだけである。いまは組み立て用車輌が、壊れた骨組みを運んでいた。

「奇妙だな」同僚も似たような思いを抱いたらしい。「すべてが荒涼として、異様に見える。まず、どこから見てまわる?」

「実験ホールには、研究チームがつめている」と、グライケンボルト＝ファアルクはいった。「異変があれば、見逃すはずはない。だから、可能性はひとつ。ベラグスコルスを保管している建物だけだ」

レッガルトール＝ヴレントはまた着陸床を眺め、

「かなりひろいな！」

「そうだな。グライダーを呼ばなければ、午後までかかってしまう」ピラミッド研究者はほほえみ、「でも、運動はからだにいいぞ」

ふたりは着陸床を歩きはじめた。表面はところどころ、変色している。補修しなければ、やがて風化するだろう。

上空に動くものを認め、目をやると、警備センターのエンブレムをつけたグライダー二機が見えた。スタートしたばかりらしく、低空をたもっている。

「見てみろ。カリオ＝ウルクもなにか探知したらしいぞ！」

「では、もどろうじゃないか」同僚が明るい声で応じた。

だが、ピラミッド研究者は首をすくめただけで、歩きつづける。レッガルトール＝ヴレントはあきらめたらしい。ため息をついて、あとを追ってきた。

＊

アラスカは無人の宇宙港を見ると、いつも逃亡と孤独を連想した。しかし、グッキーが実体化したのは、太古の遺跡ではない。しかも、意識的に放置されているようだ。明るいグレイの靄《もや》のかなた、地平線の近くには、建物らしい影が見えた。

「どうだい」グッキーが自信たっぷりにいう。「宇宙港のどまんなかだろ？」

マスクの男は周囲を眺めまわし、

「よくやった、ちび」と、ほめた。「だが、問題はここで成果を得られるかどうかだ。宇宙船も降りていないし、どうやら利用されていないようじゃないか」

「ラール人たち、なぜ放置したのだろう？」と、トロトがうなる。

「おそらく、都市の近くに新しい宇宙港を建設したのだな。こっちはなにか目的があって、都市からはなれている」

「あそこ！　グライダーだぜ！」と、ネズミ＝ビーバーが叫んだ。

だが、見上げても、どこにいるかわからない。遠ざかっていったようだ。

「あの建物は使われているようだな」と、ハルト人。

イルトもうなずいて、

「どうやら、マスティベック・ピラミッドがあるみたいだよ。ここからじゃ、あんまりよく見えないけど」

「そうらしい」マスクの男はうなずいた。「ここに着陸するSVE艦に、エネルギーを供給するんだろう」

グッキーはブーツで着陸床をさししめし、

「ここに着陸すると思うの、アラスカ？」

たしかに、そのとおりだ。テラナーは考えこんだ。これからどうすればいいか？　このままデフレクターを作動させて、このひろい着陸床をうろうろしていれば、いずれ探知される。とはいえ、イルトにジャンプをたのむわけにもいかない。いたずらに体力を消耗することになるし、ジャンプをつづければ、やはり探知される危険が高まる。

「グッキー、ひとりで調べてきてくれ」と、ネズミ＝ビーバーを見やり、「われわれはここにとどまり、きみがなにか見つけるのを待つ」

「すると、テレポーテーションをくりかえすことになるな」と、ハルト人が口をはさむ。

「アラスカはわたしが運ぼう。背中に乗ってくれ。ここなら、自由に走りまわれるだろう。グッキー、わたしの思考インパルスに注意していてくれ。非常事態が起きたら、すぐに知らせるから」

「いいね。そうしようぜ、アラスカ」

「わかった」マスクの男はしぶしぶ同意した。

この状況で、ハルト人とふたりだけになるのは、正直いって気に入らない。いままで、敵意は見せていないが、ふたりだけになったら豹変する可能性もあった。

それでも、巨大な背中によじのぼり、防護服のベルトにつかまって、

「いいぞ！」と、どなる。

ハルト人は動きはじめた。見えない生物に乗って移動するのは、奇妙な感覚だ。

＊

しばらく進むと、管理棟らしい建物がいまも使用されているのがわかった。積みこみランプのそばに輸送グライダーがあり、ラール人が動きまわっている。やがて、そのうちふたりがコクピットに消え、まもなくスタートした。建物の窓の奥にも、かなり数多くの人影が見える。

「ここは活動中だぞ」と、トロトにいった。友もそれに気づいたらしく、速度を落とす。

「きっと、都市から通勤しているんだ。大規模な研究施設があるらしい」

「たぶん、そうだろう」ハルト人は立ちどまり、「おそらく、危険な実験なのだろうな。だから、都市に損害がおよばないよう、ここを研究拠点にしたのだ」

マスクの男は周囲を見まわし、

「複合施設が多いようだ。順番に見てみよう」

「警備兵はいるだろうか？」

「いないと思う。ここのラール人たち、安心しきっているようだから。敵が潜入するとは、だれも考えていないはずだ。こちらにとっては好都合だが」

「では、はじめよう」

「まず、左手の大きな建物を見てみたい」

ハルト人はまた歩きはじめたが、すぐに立ちどまった。全身が震えはじめる。アラスカはそれに気づいて、

「どうしたんだ？」と、たずねた。

だが、友は返事をせず、うずくまってしまう。しかたなく、立ちあがってその背中から跳びおり、

「トロト！」と、声をかけた。「トロト、どうしたんだ？」

「なんでもない。もう終わった」巨人はつらそうに答える。

「それは……新しい命が誕生するからか？」

「もちろん！」

アラスカは愕然とした。予想より消耗しているらしい。

「グッキーを呼んで、搭載艇に連れ帰ってもらおう。そのほうがいい」と、すすめる。

「ばかな！」ハルト人は声をはりあげ、「だいぶよくなった」

背中に乗るよううながされ、そのとおりにすると、また走りだした。まもなく、最初の目標に到着。

その建物はほぼ直方体で、一辺は六十メートルほど。一方の壁には、地面から高さ三十メートルに達する支柱が四本、ななめに伸びていた。支柱は空洞で、途中に高さ六メートル、直径が四メートルの鐘状構造物が、六つずつぶらさがっている。この鐘はどうやら住宅らしい。空洞内を輸送用リフトが上下しているのが見えた。

建物の前では、ラール人数名が話をしている。

「内部を見たかったら、もぐりこむほかないな」シェーデレーアは友の背から下りて、

「連中のあいだをすりぬけるんだ」

異人に近づくと、鼓動が速まるのを感じた。いつ見つかって、大声をあげられるか、気が気ではない。まもなく、相手の声が聞こえてくる。

出入口の前で立ちどまり、しばらく待つと、ドアが開いてなかから男が出てきた。それをやりすごして、ドアをくぐろうとする。だが、そこでトロトとぶつかり、男と接触しそうになった。

男は立ちどまり、あたりを眺めまわす。ぶつかる音が聞こえたらしい。しかし、こちらには気づかず、そのまま行ってしまった。

急いでドアに跳びこみ、無人の部屋を探す。透明シャフトからは、各階の部屋が見わたせた。いずれも研究室らしく、どの部屋にも勤務するラール人の姿がある。

「トロト?」と、ささやいた。

「ここだ」すぐに答えがある。「ぶつかってすまなかった。だが、もぐりこむには、あのタイミングしかなかったのだ」

「出るときはひとりずつにしよう。先に行ってくれ。すぐにつづくから」

「もう出るのか?」ハルト人は驚いたようだ。

「まわりを見てくれ! ここは研究センターだ。ベラグスコルスがあるとは思えない」

「では、行こう！」トロトはいらだちをかくさない。

エントランス・ホールにもどり、またドアが開くのを待って、ならんで外に出た。

「ケロスカーの装置は、使われていない建物にあるはずだ」と、マスクの男はいった。

「外縁部の施設を調べてみよう」

また、ハルト人の背中に乗って、移動を開始。ちいさな建物がならんでいるが、いずれもベラグスコルスを収容しているとは思えない。

そこをぬけると、背の低いホールがつづく区画にはいった。ここでの業務に必要な車輌の基地らしい。だが、いまは都市からきたラール人が、わずかな小型機器を操作しているだけだ。

やがて、視界が大きく開け、平原に出た。テラのステップ地帯に似た風景がひろがり、はるか遠くに大きな建物がひとつだけ見える。

「運が悪ければ、宇宙港の反対側も調べることになるな」

古い宇宙港が研究施設につかわれているのはたしかだが、ベラグスコルスの手がかりはなかった。もしかすると、ほかの惑星に運ばれたのかもしれない。あるいは、すでにSVE艦に搭載したのか……

トロトが立ちどまり、

「見ろ、警備兵だ！」と、警告した。

目をこらすと、武装したラール人三名が建物のかげにいる。

「どうやら、重要な施設のようだな」と、希望をとりもどして、ささやいた。「警備兵をかたづけるのはかんたんだが、警報システムも設置されているはず。それを解除するのは容易じゃないぞ」

「グッキーの助けがいるな！」と、ハルト人がいった。

「そうらしい。グッキーに意識を集中してくれ」

＊

ネズミ＝ビーバーはふたりを見送ったあと、ピラミッドに向かって歩きだした。超能力はできるだけ使いたくない。やがて、防護服を着用したラール人がふたり、こちらにやってくる。

立ちどまって、ようすをうかがっていると、ふたりはまもなくイルトの前を通りすぎた。なにか目的があって、どこかに急いでいるらしい。

肩をすくめて、ふたたび歩きだす。しばらくすると、こんどはイホ・トロトの思考をキャッチした。自分を呼んでいる。

すぐにポジションを特定して、テレポーテーション。実体にもどったのは、ホールのような建物のすぐ前だった。武装したラール人三名が警戒にあたっている。アラスカとトロトの影を見つけて近づき、声をかけた。

だが、ふたりもまだ成果がないそうだ。

「建物の内部を見てみたい」と、いってくる。「なかに連れていってくれないか？」

ネズミ＝ビーバーはふたりのあいだに立ち、手をつないだ。

次の瞬間、ひろいホールにジャンプ。

内部に壁はなく、柱で区切ってあるので、全体が見わたせる。

中央に置いてあるのは、ベラグスコルスにちがいない！

巨大な樽型の複合体で、外被の全面にわたって、光る曲線が描かれていた。底部は床から半メートルほど浮きあがっているが、どうやって固定されているかはわからない。しばらく観察すると、全体が二十一のセグメントからなっているのがわかった。

各セグメントは物質ではなく、エネルギー集合体で構成されている。色は特定しがたいが、全体は明るい黄色から深紅まで変化し、そのあいだに青い縞がはしる感じだ。どことなく、血管を連想させる模様である。

作動音は聞こえない。ホール内は完全な静寂につつまれている。

生命を持たないマシンだが、とほうもないエネルギーを感じた。

アラスカの影に向かって、

「で、どうやって《モルゲン》に運ぶ？」と、たずねる。

一方、転送障害者はネズミ＝ビーバーに声をかけられて、ゆっくり現実にひきもどされた。それでも、装置から目をそらすことができない。全体がどことなく不格好なのは、ケロスカーの設計だからだろう。作動していないいまは、眠れる野獣を彷彿《ほうふつ》させる。

無理やり視線をそらし、あらためてホール内を眺めまわした。天井はハッチのような構造になっているらしい。あそこから搬入したにちがいない。しかし、ここから《モルゲン》に運ぶことができるだろうか？

「見つけたのはいいけど、役にはたたないね」と、グッキーが、「これじゃ、《モルゲン》に運べない。あきらめて搭載艇にもどろうよ」

「待った！」シェーデレーアは急いで考えをめぐらせた。かんたんにあきらめる気はない。警報システムのたぐいはないようだから、強襲すればうまくいくのではないだろうか？　だが、《モルゲン》が到着して、上空で静止し、そのあと天井を開いてベラグスコルスを船内に運びこむとすると……

そのすべてを数分でかたづけるのは不可能だ。それに、ラール人はいざとなると、数秒で行動を開始できる。どう考えてもチャンスはない。

「ちょいと屋根を見てくるよ！」と、ネズミ＝ビーバーがいった。「なにか思いつくかもしんないからさ！」

だが、その声を聞けば、自信がないとわかる。

「なにかいい案はないか?」と、ハルト人にたずねた。

「《モルゲン》の牽引ビームを使って、装置を強奪することは可能だな」と、トロトが答える。「しかし、それには数分かかる。そのあいだに、ラール艦隊が殺到してくるだろう」

転送障害者はうなずいて、

「かくれ場にもどろう」と、決断した。「《モルゲン》で計画を練りなおすんだ。すくなくとも、ベラグスコルスの所在は確認できた」

つまり、作戦失敗を認めるということだ。

グッキーがもどってきた。デフレクターを解除して、

「ラール人がふたり、この建物に接近してるよ」と、興奮気味にいった。「着陸床で見かけたふたりだ。すぐそばを通っていったんだ!」

「搭載艇にもどろう。ここにいても、無意味だ」

シェーデレーアはそういって、手を伸ばしかけたが、次の瞬間はっとする。トロトがうめき声をあげたのだ。

「速く!」と、イルトに、「ここを出なくては!」

ハルト人は床でのたうちまわっている。無意識にデフレクターを解除したようだ。

「また発作か!」マスクの男はうめいた。「急いで消えないと。この声を聞かれたら、

最後だぞ」

「だめだ!」トロトが声をしぼりだす。「テレポーテーションはやめてくれ!」

グッキーはハルト人に近づいて、シェーデレーアを振り返り、

「いまはジャンプできない」と、いった。「わかるだろ?　もうすぐ子供が生まれるんだ!」

9

アラスカ・シェーデレーアは愕然とした。劇的な瞬間を体験すると、感覚が麻痺するものだが、いまもそうだ。恐れていたことが現実になってしまった……それも、最悪のタイミングで。

暗澹たる気分で、床に転がるハルト人を見つめる。出産までは、ここにとどまらなくてはならない。つまり、それだけ発見される可能性が高くなるということ。

「いまはジャンプできないよ」と、グッキーがくりかえした。「したら、イホも子供も死んじゃう！」

シェーデレーアはようやく気をとりなおして、トロトにかがみこんだ。ハルトの巨人はまたうめき声をあげる。

「なんとかがまんできないか、トロトス？」

だが、トロトは有柄眼をむきだしただけである。明らかに、いまの言葉を理解していない。

「テレポーテーションは……やめてくれ！」と、声をはりあげる。

グッキーは隣りにすわりこみ、

「心配いらないよ！」と、巨大な頭をなでた。「うまくいくからさ。だいじょうぶ。終わるまで、ここにいてあげる」

自分にできることはなさそうだ……と、考える。どうすればいいか、なにも思いつかない。

考えあぐねたすえ、グッキーをひっぱりよせて、

「どうする？」と、ささやいた。

「どうしようもないよ」と、イルトが肩をすくめる。「終わるまで、見守るだけで。でも、イホはどうすればいいか、わかってるみたいだ」

「だが、正気じゃないようだぞ！」

「環境のせいさ。出産のことは、ちゃんとわかってる」

ハルト人は床を転がり、柱のかげに消えた。アラスカが追いかけようとすると、ネズミ＝ビーバーがそれを制して、

「きっと、ひとりになりたいのさ。ぼくらが必要になったら、声をかけるよ」

長い人生でも、これほど異常な状況は数えるほどしかない。もちろん、ハルトの友は助けなくてはならない。しかし、ラール人に発見されたらどうする？　三人で死んでも

意味はない。

「ちょっと待ってて。外を見てくるから」と、グッキーが立ちあがり、「それに、トロトの声が聞こえるかどうか、たしかめたいし」

シェーデレーアとしては、できればイルトをひきとめたかった。ハルト人が助けをもとめても、どうすればいいかわからないから。ヒューマノイドの出産と、基本的に同じだとしても、その手順さえ知らないのだ。まして、相手はハルト人である。一人ではどうにもならないだろう。

それでも、ネズミ=ビーバーの提案を了承して、

「外が問題ないとわかったら、すぐにもどってくれ」と、たのむ。

グッキーはうなずいて、にやりと笑い、

「でもさ、ぼくだって、聞いたことないんだぜ。ハルト人が人間社会で出産したって話は！」

そういいのこすと、消えた。

＊

グライケンボルト=ファアルクが予想したとおり、ベラグスコルス保管ホールの前で、警備兵に制止された。

「お待ちを！」と、三名のうちひとりが、「フォンステルタン＝モルクか、その許可をうけた者しか、ここにははいれません。許可証は？」

「もちろんない」老人は答えた。「だが、われわれを知っているだろう。マスティベック・ピラミッドで調査にあたっている。その調査の一環として、ベラグスコルスを見てみたいんだ」

「なんのために？」と、警備兵がたずねる。

科学者は同僚を振り返り、視線をかわすと、また男をにらみつけた。

「学術的問題なので、説明してもわからないだろう。たのむ。すこし見学したら、すぐひきかえすから」

「無理です」警備兵はやんわりと拒否する。

「では……じつはこれは保安に関係する問題なのだ。三人のうちだれか、ホール内を見てきてもらえないか？」

男はうんざりしたようすで、

「それにはおよびません。異常はないと、わかっていますから！」

「ほう！　なぜわかる？」

「ずっと異常がないからです。きょうも、あすも」

科学者ふたりは顔を見あわせた。

「さて、どうする?」

「もどろう」と、レッガルトール＝ヴレントは顔を伏せて、「いったとおり、われわれには関係ない。カリオ＝ウルクに知らせるか、このまま放置するか、どちらかだ。実際、異常はないんだろう」

「でも、勘違いではないぞ!」

「たしかに」同僚は認めた。「だが、この現象はいくらでも説明がつく」

グライケンボルト＝ファアルクは考えこんだ。もし保安責任者に知らせても、反感を買うだけだ。その結果、ふたりはピラミッド研究を継続できなくなるかもしれない。

「あきらめるべきか……」と、つぶやく。

「そうだ。もどろう!」レッガルトール＝ヴレントはほっとしたようすで、「ここでなにが起きても、われわれには関係ない」

男はにやにやしている。変わり者の老人を追いはらえるとわかり、満足しているようだ。

だが、次の瞬間、ホールですさまじい絶叫が響きわたった。

警備兵たちが硬直する。

やはり、グライケンボルト＝ファアルクは正しかったのだ。

ふたりと話していた男が、武器をかまえてホールに駆けこんでいった。

あとのふたりに、なにか大声で指示する。

「なにが起きたのかな？」こんどはピラミッド研究者がにやにやする番だ。

警備兵は横一列にならんで、ホールに踏みこんだ。

そのとたん、信じがたいことが起きる。

突然、床から浮きあがったのだ。

両科学者もあっけにとられて、浮遊する三人を見守った。なにが起きたのか、まったくわからない。やがて、三人の手から武器がもぎとられ、床に落ちる。

レッガルトール＝ヴレントが悲鳴をあげた。

グライケンボルト＝ファアルクは反射的に銃をつかみ……次の瞬間、いきなり重力が消失して、空中に浮かんだ。思わず、銃を落としてしまう。見ると、同僚も同じ状態だ。

パニックにかられて、手足をばたばたさせていると、まもなく床に降りたった。しかし、だからといって、状況は好転しない。気がつくと、全身が麻痺して、身動きできないのだ。こうなると、あとはなりゆきにまかせるほかない。仰向けになっていたので、ちょうど天井を見上げる恰好である。

やがて……それが見えた！

屋根の上に、おかしな異生物がいる。ひどくちいさいが、それでも手に銃をかまえていた。おそらく、からだが麻痺したのは、その銃のせいだろう。防護服を身につけているところを見ると、大宇宙からきた知性体にちがいない。

だが、それだけだ。その事実をうけとめて、見守るほかないのである。

＊

イホ・トロトはひときわ大きな叫び声をあげた。そのあと、しばらくして、グッキーがもどってくる。

「いまのを警備兵に聞かれたよ！」

アラスカ・シェーデレーアは銃をぬいて、出入口を見やった。

「ぜんぶで五人いた！」と、ネズミ＝ビーバーがつづける。「うまいこと、麻痺させたけど、そのうちほかのラール人に気づかれるぜ」

「逃げよう！」シェーデレーアも声をはりあげた。「トロトのようすを見てくれ！」

イルトが柱のかげに消える。外がどうなっているか、いまの言葉だけではわからないが、いずれ敵に気づかれるのはまちがいないだろう。その五名を排除しても、たいして意味はない。

「逃げられないよ！」と、イルトが柱の向こうから叫んだ。「いまジャンプしたら、トロトが死んじゃう！」

逃げるつもりなら、グッキーにジャンプを強要するほかない。だが、ネズミ＝ビーバーには、だれもなにも強要できないこともわかっている。考えあぐねるうち、イルトがもどってきた。

「いままさに出産中だった！」と、告げる。「置いてはいけないよ！」

「だが、いますぐジャンプしないと、殺されるぞ！」シェーデレーアはむだと知りながら訴えた。「三人とも殺されるんだ！」

「いんや。イホは耐えらんないよ！　でも、ひとつだけ方法がある。ぼくがひとりでかくれ場にもどって、転送機を持ってくるんだ！」

アラスカは目をむいたが、マスクのせいで、ネズミ＝ビーバーには見えない。

「うまくいくと思うのか？」と、たずねる。

返事はない。グッキーはすでに非実体化していた。あきらめて、周囲を観察する。とはいえ、ハルト人のうめき声が聞こえるだけだが。とにかく、すべてが非現実的であった。ベラグスコルスの周囲をめぐって、出入口に向かい、耳をすます。だが、外はしずかだ。どうやら、そのラール人五名は、まだ発見されていないらしい。

「グッキー！」トロトの声が響く。「きてくれ、ちび！」

転送障害者は息をのみ、意を決すると、声のするほうに歩きだした。柱を迂回して、暗がりに目をこらす。六歩ほど先に、黒い塊りが横たわっていた。トロトだ。ひどい苦しみに耐えているらしい。

「グッキー！」と、またうめく。「助けてくれ！」

マスクの男は近づいて、

「わたしだ、アラスカだ！」と、いった。

同時に、ベラグスコルスのそばで、にぶい音が聞こえる。はっとして振り返り、銃口を向けたが、それがネズミ＝ビーバーだとわかり、安堵のため息をついた。転送機ごと実体化してきたのだ。だが、この質量の物体を運ぶのは、テレポーターの能力をこえていたらしい。力を使いはたして、くずおれてしまう。転送障害者は駆けよって、友を助け起こすと、

「トロトをたのむ！」と、どなった。「わたしは装置を操作するから！」

グッキーは気をとりなおして、ハルト人のようすを見にいく。シェーデレーアは転送機の制御プレートにとりついた。各部をチェックしてから、作動させると、エネルギー・グリッドの上に転送アーチが生じる。トロトが楽に跳びこめる大きさのアーチだ。それを見て、いきなり妙案が浮かんだ。

「グッキー！」と、叫ぶ。「半時間だけ、ラール人をひきつけられないか？　それだけあれば、転送機でベラグスコルスを運べるはずだ！」

答えを待たずに、作業を開始。ケロスカーの装置は、分割可能な二十一のセグメントからなる。で、分割すれば、個々のセグメントはこの転送アーチをくぐれるはずだ。

転送機のほうは、問題なく作動している。あとはセグメントを分割できるかどうかだけが問題だった。

「グッキー！」と、大声で、「こっちも手伝ってくれ！　セグメントを構成するエネルギー集合体を、転送アーチに運ぶんだ！」

「わかった！」ネズミ＝ビーバーも意図を理解したらしい。すぐにやってくる。「でも、そのあいだ、イホを見ててくれよ！」

イルトはテレキネシスで、エネルギー集合体を移動させはじめた。まもなく、最初のセグメントが漆黒の非物質化フィールドに消える。

アラスカはハルト人のもとに走った。

柱のあいだからのぞきこむと、トロトは死んだように横たわっている。

うまくいかなかったのだろうか……？

おののきながら、近づいた。ベラグスコルスのことも、迫る危険も、すべて忘れて。

「トロト！」と、ささやきかける。

答えはないが、巨体は動いている。なにかを抱きかかえているようだ。それを見て、いいようのない感動をおぼえた。鼓動がはげしくなり、口のなかが乾く。いまほど自分の無力を痛感したことはない。

「どう……どうすればいい？」と、かろうじて、声をしぼりだす。

だが、答えはなかった。

＊

《モルゲン》の転送機室で、最初のエネルギー集合体が再物質化した。たまたまドブラクがいなかったら、たぶんパニックが起きていただろう。実際、テラナーたちはセグメントに発砲しようとしたのだ。だが、ケロスカーはそれを制止して、すぐにペリー・ローダンを呼んだ。まもなく、ローダンがやってくる。プィもいっしょだ。

ペリーはトランスレーターを作動させた。

「ベラグスコルスの一部です！」ドブラクが恍惚として、つぶやく。「転送機で次々に運ばれてくるようですな！」

ローダンは眉をひそめた。この転送機は本来、シェーデレーアたちの緊急脱出に用意したものだ。いわば、最後の手段なのである。

しかし、見守るあいだにも、エネルギー集合体が次々と送られてくる。すでに半ダースをこえた。

「どういうことだ？」と、ケロスカーにたずねる。「アラスカたちが送ってくるのだろうか？」

「ヴォルターハーゲンでなにが起きたか、われわれには知るすべがありません」と、計算者はおちつきはらって、「しかし、コマンドは危機に瀕しているのでしょう。でなければ、予告なくエネルギー集合体を送ってくるはずがありませんから！」

ローダンはあらためて、転送機受け入れ部を見つめた。いまこの瞬間、コマンドはどうしているのだろうか？　もともと、アラスカたちの任務は、ベラグスコルスの所在を探ることだった。しかし、どうやら発見しただけでなく、手に入れたらしい。しかも、それを送ってきている……

「この状態はどのくらいつづくだろうか？」と、ドブラクにたずねた。

「妨害がはいらなければ、半時間で終わるはずです」と、計算者。

「転送状況を確認してくれ」と、ペリーは、「わたしは司令室にもどって、スタート準備をととのえる」

「スタートしてはいけません！　すくなくとも、オルウがもどるまでは！」と、プィが反論する。

「心配はいらない」テラナーはほほえんで見せ、「もちろん、全員を収容するまで、ここを動かないから」

この約束を履行できればいいが……と、不安になる。コマンド四名が《モルゲン》にもどれるかどうかは、かれら自身の行動にかかっているのである。

10

カリオ＝ウルクは監視装置のインパルス発信機をもてあそびながら、情報がはいってくるのを待っていた。もちろん、この確認作業がむだだとはわかっている。しかし、科学責任者とトラブルを起こしたくない。保安部は各セクションと、緊密に協力しなければならないから。

スクリーンに目をやる。ほとんどの地区が、すでにチェックずみだ。

次の瞬間、ぎょっとした。

１６Ｋ地区から応答がない。べつのスクリーンで場所を確認。１６Ｋはベラグスコルスが保管されている建物だ。

では、ただの連絡ミスにちがいない。しかし、警備担当の三名は、なぜ報告してこないのか……？

もう一度、こんどは地区を指定して呼びだす。やはり応答はない。

保安責任者は躊躇なく警報を発した。

　16K地区に警備コマンド三部隊を送り、全地区を封鎖するよう命じる。さらに、この地区をパトロールするため、装甲グライダー大隊をスタートさせた。ほかにも、考えられるかぎり保安処置を講じ、そのあとでフォンステルタン＝モルクに連絡する。一件を報告すると、

「すぐ現地にいく！」と、科学責任者はいった。「わたしが到着するまで、なにもしないでくれ」

「どういうことです？」と、思わず聞き返す。

「ベラグスコルスはきわめて重要な機器だ。なにがあっても、危険にさらしてはならない！」科学者はいつになく、きびしい口調で、「建物を包囲させてくれ。なにか起こっているのなら、外から見ただけでわかると思う。ただし、その場合も、わたしが行くまで、手を出さないでもらいたい。グライダーをすぐよこしてくれ」

　カリオ＝ウルクは自ら迎えにいくと約束して、連絡を終えた。これで規定どおりの手配はすんだが、じつのところ、事件が起きたとは考えていない。おそらく、警備兵の怠慢だろう。

　執務室を出て、グライダーに向かう途中、ミニカムで報告がはいった。警備兵三名と、グライケンボルト＝ファアルク、レッガルトール＝ヴレントの両科学者が、ホール近くで発見されたそうだ。全員、意識を失っているという。

報告してきた指揮官は、ホールへの突入許可をもとめてきた。

だが、フォンステルタン＝モルクの要請がある。それを考え、包囲するだけにとどめるよう命じた。おそらく、指揮官はホールが敵に占拠されたと考えたのだろう。

前庭に出て、グライダーに乗りこんだ。パイロットはすでにスタート準備を終えている。フォンステルタン＝モルクのところまでは、一分とかからない。科学責任者は反重力プロジェクターを手に、主研究室の前で待っていた。

「部下がすでにホール付近に到着しています」と、いま聞いたばかりの状況を、科学者にも伝える。

老人はいらいらと髪をかきむしり、

「ピラミッド研究者たち、そこでなにをしていたのだろう？」

「さあ。なんともいえません」

グライダーが浮遊し、着陸床すれすれを飛びはじめた。ほどなく、建物群が見えてくる。いちばん向こうがベラグスコルスのホールだ。周囲はすでに戦闘車輛と武装部隊が包囲し、上空にはロボットが舞っている。

「この包囲網を突破できる者はいないでしょう！」と、保安責任者は胸をはった。

老科学者は顔色を変えて、

「だれかが侵入したと思うのか？」

「まさか！」カリオ＝ウルクはあわてて否定する。「ありえません」

グライダーが到着すると、エンブレムに気づいた指揮官たちが駆けよってきた。突入許可を得ようと、血気にはやっている。

保安責任者はそれを制して、

「失神した連中はどこだ？」と、たずねた。

五名は救急車輛に収容されたそうだ。車内にはいると、医師が待っていて、報告する。

「全員、ショック・ビームで麻痺しています！」「案内してくれ！」

カリオ＝ウルクは苦々しくうなずくと、指揮官たちに向きなおった。

「ほかに異常は？」

「ありません！」と、ひとりが代表して答える。「見たところ、平穏そのものです」

老科学者はベラグスコルスのホールを見つめて、

「ホールに偵察部隊を送ってくれないか」と、いった。「ただし、くれぐれも慎重に、危険をおかさないように。なにか異常事態が起きていたら、すぐ報告してもらいたい」

保安責任者はしかるべき指示を伝えてから、科学者に視線をもどし、「なにか起きたと思うのですか？」

「なんともいえない」と、フォンステルタン＝モルクは、「あの装置はあらゆる点で特殊なものだ。失神した五名も、その影響をうけた可能性がある」

「本当にそう思うのですか?」

科学責任者はすこし考えてからかぶりを振った。

「いま思いだしたが、ツグマーコン船が目撃されたそうだな?」

「この問題と関係があるのですか?」と、カリオ＝ウルク。

「ツグマーコン人たち、われわれがこの装置を所有するのに反対している。これがあれば、かれらの専権事項だった次元トンネル内の航行が、ラール人にも可能となるから」

科学者はそういいのこすと、あとの判断は相手にまかせた。封鎖線の兵士たちに近づき、偵察部隊の動きを見つめる。

＊

「ラール人だ!」と、グッキーが声をはりあげる。「麻痺させた連中を、発見したんだな!」

アラスカ・シェーデレーアは現実にひきもどされた。思わず悪態をついて、個体バリアとデフレクターを作動させ、ホールに跳びだす。

ベラグスコルスは文字どおり、分解しつつあった。エネルギー凝集体がテレキネシスにつかまり、次々に転送アーチに運ばれる。

「あとどのくらいかかる?」

「十分あれば！」イルトはそれしかいわない。

アラスカは思わず目を閉じ、ため息をついた。それだけの時間を確保できるかどうか、自信がない。

「トロトはどうしてる？」と、グッキーがつづける。「見てるひまがないんだ」

それには答えず、なかば分解したベラグスコルスのわきをぬけて、正面扉に走った。

だが、たどりつかないうちに、扉が左右に開きはじめる。マスクの男は唇を嚙み、きつく結ぶと、大型パラライザーをかまえた。ラール人はホールに突入し、内部でなにが起きているか、たしかめるつもりだ。

扉が半分開いたところで、パラライザーを発射。敵の姿がまだ見えないので、扇状に掃射する。たちまち、外で悲鳴があがった。そのあいだも扉は動きつづけ。やがて全開になる。倒れたラール人部隊が目にとびこんできた……さらには、着陸床の一部も。

それを見て、思わずうめく。危険には慣れていたが、大型グライダーやラール兵の群れを前にすると、やはり冷や汗がにじんでくる。

「撤退しなければ！」と、ヘルメット・テレカムに向かって叫んだ。

「あとすこしだ！」と、ネズミ＝ビーバー。「なんとか食いとめてよ！」

外のラール人部隊は、どうするべきか迷っているようだ。すぐに突入してくるものと覚悟していたが、そうはならない。シェーデレーアもどうするか考えあぐねて、その場に立ちつくし、外を凝視した。装甲車のグループが動きだし、エネルギー兵器の砲口が、こちらに向けられる。一発でも発射されれば、三人とも最期だし、建物も廃墟になるだろう。とはいえ、ラール人はベラグスコルスを救おうと考えているはずだ……

　はっとする。装甲車の背後から、武装兵一ダースがあらわれたのである。やはり、突入を試みるつもりだ。

「オルウはどうなってる？」と、ネズミ＝ビーバーにたずねた。

「もうスタートしたよ！　逃げ道はもう転送機だけってこと！」

　ホールを振り返ると、ベラグスコルスのセグメントは、あとひとつかふたつになっている。

　意を決して床に伏せ、突入部隊が出入口に到達するのを待って、パラライザーをふたたび掃射した。だが、今回は効果がない。敵は個体バリアをはっているようだ。

　それを見て、武装兵を満載した車輛も突入してくる。

　シェーデレーアはなかば本能的に行動した。ヘルメットをはねあげて、マスクをむしりとると、デフレクターを切ったのである。

　ラール人は顔にはりついたカピンの断片を、目《ま》のあたりにしたはずだ。実際、数名の悲鳴が響き、逃げだす者もある。だが、大半はなんとか耐えているらしい。やがて、偵察部隊のひとりが発砲。次の瞬間、転送障害者の全身が炎につつまれた。

思わず数歩、後退しながら、片手でマスクをもとにもどし、もう一方の手でベルトからマイクロ爆弾をとりだすと、点火して出入口に投げつける。数秒後、大爆発が起き、自身も吹き飛ばされた。そのまま床を這って、転送機のある場所にもどる。

さいわい、サイノスのシュミットから贈られた殲滅スーツがあるから、負傷することはない。

転送機を見ると、最後のセグメントが転送アーチに向かうところだった。

武装兵が煙と炎のあいだからあらわれて、銃を乱射。ホール内でたてつづけに爆発が起こり、転送アーチがひときわ輝く。

次の瞬間、ホールじゅうに絶叫が響きわたった。これまで聞いたことのない咆哮だ。見ると、イホ・トロトが走行アームを床につけて、突進してくる。ハルト人はそのまま着陸床に跳びだし、装甲車と武装兵を蹴散らした。戦闘マシンと化したトロトには、ラール人も手をだせない。

気がつくと、こんどは頭上で動きがあった。天井が左右に開いていくのだ。まもなく、屋根から突入を試みるラール兵の姿が見えてきた。

だが、グッキーもそれに気づいたようだ。ベラグスコルスの最後のセグメントが、いきなり上昇すると、屋根の上の一団につっこむ。兵士たちは悲鳴をあげ、ホール内に墜落するか、屋根の上で転倒した。

まもなく、トロトがもどってくる。

さっきまで倒れていた場所にもどり、なにかを拾いあげて、転送機のほうにやってくる。ちいさな死体だ。

アラスカはこのハルト人の姿を、生涯忘れないだろう。

「やつらがこの子を殺した！」巨人は悲嘆にくれて、叫んだ。「わたしの子供が……やつらの発砲で、死んでしまった……！」

死んだ子供を抱きしめる。そうすれば、生き返るかのように。シェーデレーアは立ちあがると、よろめきながら転送機に近づいた。プラットフォームにたどりついたところで、背後でまた爆発があった。

振り返って、友を見る。ハルト人はまだホール中央に立ったまま、赤ん坊を抱いていた。

もう見ていられない。力がつきるのを感じ、そのまま転送アーチに倒れこんだ。

＊

アラスカが最初に感じたのは、煙と火の匂いだった。目を開けると、明るく照明されたホールに倒れている。数人の手が伸びてきて、燃える防護服をはぎとり、担架に載せようとした。

「トロトを……」と、つぶやく。「トロトを見てやってくれ！」

手を振りはらって、立ちあがった。目が燃えるように熱い。耳のなかでは、まだ爆発音がつづいている。それでも、友の名を呼びながら、また転送機に近づこうとした。

「作戦は成功です！」と、すぐそばにいた男がどなる。「ドブラクですが、ベラグスコルスの全セグメントがそろっていると、たったいま確認しました。《モルゲン》にすべて収容できたのです！」

転送障害者は男に目を向けた。そのとたん、涙があふれてきて、マスクの下で熱を発するカピンの断片に落ち、音をたてて蒸発する。

背後の音に振り返ると、トロトとグッキーが転送機から出てきたところだった。イルトは悲鳴をあげて、その場に倒れこむ。どうやら、失神したらしい。ハルト人は茫然と立ちつくしている。周囲の状況を把握していないようだ。

死んだわが子は、ヴォルターハーゲンにのこしてきたのだろう。

＊

その一時間後、オルウの搭載艇が《モルゲン》に帰還した。貴重なケロスカー装置を載せたツグマーコン船は、これで最終段階集合体への帰途につける。

11

フォンステルタン＝モルクは完全に破壊されたホールにはいった。瓦礫によじのぼり、貴重な装置が消えているのを確認する。

「死者は六十三名です」と、カリオ＝ウルクが声を震わせて報告。「負傷者はその三倍に達するでしょう」

「それにくわえて、ベラグスコルスを失った……」と、科学者は、「完全に破壊されてしまったのだ」

「なにがどうなったのでしょう？」保安責任者はまだ茫然自失の態《てい》である。

「われわれの不注意だった」と、老ラール人はつづけた。「もしかすると、思いあがっていたのかもしれないな」

「これを教訓としなければ……」と、将校は苦々しい表情で、「……それにしても、だれに責任があるのでしょう？」

「ツグマーコン人だ！」と、フォンステルタン＝モルクは吐き捨てた。

「ですが、あの三体はいずれもツグマーコン人ではありませんでした！」

老科学者は小柄な男に近づくと、その肩をつかんで、

「ツグマーコンだったのだ！　これは明白な事実だぞ。われわれ、政府に報告しなければならない。そこを考えるんだ！」

「では、そうしておきます」カリオ＝ウルクはしぶしぶうなずく。

ふたりはホールを出て、着陸床をならんで歩きはじめた。早くも作業ロボット部隊が到着し、残骸の排除をはじめている。

今後、ラール人はもっと注意深く行動していかなければならない。とりわけ、ツグマーコン船があらわれたら、まず疑ってかかる必要がある。

いずれ、種族は公会議と袂《たもと》をわかち、独自の道を進んでいくことになるだろう。しかも、その日はそれほど遠くないにちがいなかった。

エピローグ

地球暦で三五八一年四月七日、ツグマーコン船《モルゲン》は《ソル》がひそむ中間空間に到達した。

飛行中、一部乗員は密約をかわしたもの。とはいえ、相談したのではなく、いわゆる〝暗黙の了解〟だったが。乗員とは、アラスカ・シェーデレーア、フェルマー・ロイド、メントロ・コスム、ドブラク、グッキーだ。

五人はイホ・トロトが自分から話題にしないかぎり、その子供のことを決して話さないと誓ったのである。

話しても、ハルト人のなぐさめにはならないから。異形の友の精神的苦痛は、それほど強かったのだ。

免疫保持者の蜂起

ハンス・クナイフェル

登場人物

レジナルド・ブル……………………アフィリカーの国家首席
エンクヘル・ホッジ…………………調査艦隊司令
トレヴォル・カサル…………………ホッジの代行
ヴァール・トランツ…………………《パワー・オブ・リーズン》副長
ヘイリン・クラット…………………カサルの副官
ディミアン……………………………ホッジの副官
セイナ / フィルソン……………………《パワー・オブ・リーズン》乗員
サイワン・ペルト / レーラ・ポインター……………免疫保持者
カーロー / ドーネー……………………デューケス

1

バジンスキー星団は恒星メダイロンの〝南〟三百二十五光年の宙域にあった。ソルに似た恒星十一と、そのほか恒星八つからなる球状の小星団で、恒星間の平均距離はほぼ三・五光年ほど。その名は発見者のサミュエル・エイネ・バジンスキーにちなむ。バジンスキーは当時、〝黒い脅威の喉〟におけるテラのポジションを調査するグループの指揮者だった。

とはいえ、よく知られているように、その専門分野での功績には、見るべきものはなかったが。

＊

巨大な球型艦三十八隻が、テラニア・シティの広大な艦隊宇宙港に、一直線にならんでいた。調査艦隊の旗艦となる、直径二千五百メートルの超弩級戦艦《ビューティー・オブ・ロジック》は、すでにスタート位置についている。艦隊はほかに、もう一隻のギャラクシス級《パワー・オブ・リーズン》、インペリウム級の五部隊、スターダスト級七隻からなる。

エンクヘル・ホッジ提督は執務室の円形スクリーンの前にすわって、宇宙港のようすを眺めていた。部屋には、ほかにだれもいない。別れの挨拶にくるレジナルド・ブルを待っていたのだ。テラ・ヴィジョンはすでに機材を設置して、最初の試験撮影も終えていた。

テラ・ヴィジョンのスタッフも、メディア関係者も、この〝調査作戦〟がむしろ〝破壊作戦〟と呼ぶべき内容だと、気づいていない。艦隊の戦力を見れば、明らかなのだが。この点も、いかにもアフィリーらしい。すくなくとも、作戦に参加する免疫保持者、サイワン・ペルトとレーラ・ポインターは、そう考えているはずだ。

「ブルはどこにいる?」と、ホッジ提督はつぶやき、執務室の時計にちらりと視線を投げた。

三五八〇年七月十五日の十二時十四分三十六秒。艦隊は遅くとも百分後に、スタートすることになっている。

ドアのチャイムが響いた。椅子ごとからだをめぐらせて、スイッチを押しこむと、

「なんだ?」と、いらいらしながらたずねる。

「カサルです、サー。はいってよろしいですか?」

「もちろんだ」

ドアが音もなく開き、若い黒髪の男がはいってきた。提督は〝色男〟を見ると、気分が悪くなったが、それを表情には出さない。男は部屋の中央で立ちどまると、正式に敬礼した。

「なにか話があるのか、準提督?」司令官はそういうと、うなじにかかる長髪を、もったいぶってなでつけた。ホッジは百四歳。長身痩軀で、しゃべり方や身のこなしは、古代の貴族を彷彿《ほうふつ》させる。

「は、いささか。レジナルド・ブルの代表団は、まもなく到着すると思いますが。国家元帥に、あの免疫保持者二名……あるいは病人をどうあつかうべきか、指示をいただきたいのです」

トレヴォル・カサルはケベック州の出身で、五十四歳になる。その若さにもかかわらず、準提督の地位にあるのは、知性と統率力にくわえ、困難な状況をきりぬける能力を有しているからだ。大きな褐色の目、短く刈りこんだ髪、ぴんと伸ばした背筋、スポーツ選手のような身のこなし……そのすべてが、同性から見ても魅力的である。それでも、提督はこの男に、不信感を抱いていた。自分勝手にものを考える男だから。事実、カサルは艦隊でも、頭の回転が速い男として知られる。最高の資質を持った将校なのだ……

準提督が近づいてきたので、その思いを振りはらう。

「わたしの指示では、問題があるのか？」と、たずねた。〝若者〟はきびしい視線を返す。この男にとっては、自分などたんなる〝逃避者〟にすぎないのだろう。

「ブルの指示を優先します！」男は数秒おいて答えた。非論理的な感情をふくまない、おちついた口調だ。

「よかろう。では、待つとしよう！」

＊

「そうします！」と、カサルは答えた。

《ビューティー・オブ・ロジック》に乗ってしまえば、提督にわずらわされずにすむだろう。ホッジを嫌っているわけではないが、ふたりはあまりに違っていた。どちらも優秀な宙航士であることをのぞけば、ほとんど共通点がない。

こんどの任務について、もう一度考えた。

重武装の三十八隻、数千の戦闘部隊、宙航士、工兵が自分の道具になる。それらを駆使して、任務をはたし、〝確固とした〟事実をつきとめるのだ。

危険が迫っていた。

テラ＝ルナ系とゴシュモス・キャッスルに住む全人類が、そのことを知っている。根本的解決策が見つからなければ、すべての星系が数年以内に、大いなる黒いゼロにのみこまれてしまうのだ。その結果がどうなるか、考えるまでもない。個々の生命はとるにたらないし、死者がいくら出ても、それは統計数字の問題だ。しかし、テラやゴシュモス・キャッスル自体に影響があるとなると、平然とかまえてはいられなかった。しかも、たんなる影響ではない。惑星も衛星も、破壊されてしまうのである。

このヴィジョンはトレヴォル・カサルにとって、おのれのキャリアよりずっと重要であった。生きのこれないのであれば、キャリアなど無意味だから……

宇宙港をうつしだすスクリーンから目をはなし、こうべをめぐらせて、提督に視線をもどした。室内には緊張がみなぎり、息苦しいくらいだ。いってみれば、ふたりは各選択肢の代表者である。初老の提督は、テラから脱出することで生きのこりをはかるという意見だ。

無意味な感情にもとづく選択だが、いまもその考えにすがりついているのはたしかである。ホッジはつくりつけのバアをさししめして、

「なにか飲むか、トレヴォル？」と、たずねた。

この男とは、これからもおりあっていく必要がある。提督の力は必要だから。うまく誘導して、思いどおりの結果をひきださなければ……階段は一歩ずつ昇っていくしかな

いということだ。そう自分にいい聞かせて、礼儀正しく答えた。

「は、ありがたく。氷とトニックウォーターをお願いします」

「アルコールはいらないのか?」

「ええ。勤務中ですので」

提督はバアに近づいてキャビネットを開け、いくつかボタンを押し、グラスをふたつ持って、もどってきた。自分のグラスには、琥珀色に輝くウィスキーがつがれている。

グラスをあげた。

「われわれ、困難な任務をひかえている。全員がそれぞれの探すものを、見つけられればいいな」

「そうなるものと確信しています、提督。ですが、実際は探していないものまで、発見することになるでしょう」

「それは危険だな。わたしは危険を好まない。心配が増えるだけだからな」

＊

「失礼しました。まだ未熟で、提督のお考えを察することができませんでした」

エンクヘル・ホッジは驚いて、カサルを凝視した。この若い準提督、自分を揶揄《やゆ》しているのではないか? だが、上官の権威を軽視しているようすはない。そこで、大きくうなずいて見せ、ウィスキーをひと口飲んだ。

ふたりのあいだにある緊張関係を、あらためて意識する。ふたりだけではない。すべてのテラナーが、ふたつの選択肢をめぐって、緊張関係にあるのだ。ホッジはある意味で鈍感だった。でなければ、この地位を維持できなかったはずである。その経歴は、目の前にいる若者のように、輝かしい成功と英雄的行為の連続ではなかった。この地位につくまで、こつこつと努力を積み重ねてきたのだ。

カサルのような男がたくさんあらわれたとしても、自分は生きのこり、長生きしてやる……と、あらためて心に誓った。たしかに、ノヴァは明るく輝くが、その特性のせいで、みずからを滅ぼす。それと同じだ。

「めずらしいな」と、ホッジはスクリーンに目をやり、ブル一行のグライダー群があらわれるはずの方向を見つめて、「国家元帥が時間に遅れるとは」

「いつにないことです！」カサルはそう応じたが、自分は宇宙港の喧噪を観察している。提督自身はこういう混乱が好きではない。いつも心を奪われるのは、完璧に設計された公園のような風景なのだ。ふたたび、現在の状況に思いをはせた。

〝喉〟の脅威はだれでも知っている。

政府はこの脅威に、ふたつの正反対の手段で対応しようとしていた。両者とも、同じ程度に成功の見込みがある。第一の選択肢は、〝喉〟に墜落するのを防ぐ手段を発見するというものである。そのための科学チームが結成された。

とはいえ、最高レベルの科学者グループを、効率よく迅速に集めるのは、実際問題としてむずかしい。チームワークは問えないし、個人の個性まで考慮するわけにもいかない。将来的には改善されるかもしれないが、当面は無理だ。

テラナーの大半は、この方向で解決策が見つかることを望んでいた。だが、実際問題として、見つかるチャンスはほとんどない。にもかかわらず、この試みに期待すると表明し、その根拠をしめそうとする者は市民からは〝不屈派〟と呼ばれていた。トレヴォル・カサルはこのグループだ。

おそらく、狂信的信奉者ではないだろうが、すくなくともホッジのような〝逃避派〟ではない。

老提督は逃避派として、この遠征に期待をかけていた。〝喉〟から充分にはなれた、安全な酸素惑星を発見し、そこに植民するのだ。人類はテラが〝喉〟にのみこまれる前に、そうした惑星に移住するべきだった。

移転できるものは、すべてその惑星に持っていく。

とにかく、逃避派はこの第二の可能性のほうが賢明だと確信していた。新しい惑星はふたつの銀河を結ぶ〝星の橋〟の辺縁部に存在するはずだ。〝喉〟がそのほぼ中間点に位置しているから。早い話、そこからはなれれば、それだけ危険がすくなくなるわけである。

カサルには、べつの主張があるだろうが、それはこのさい問題ではない。

とにかく、不屈派よりも逃避派のほうが、数は圧倒的に多かった。不屈派の一部は、無意識にとどまる根拠を探し、あるいは捏造《ねつぞう》しようとしている。〝逃避〟という言葉自体が、問題に対する臆病な考え方をあらわすという者もあった。逃避を選択する者は、全員が非難されなければならないというのだ。だが、ホッジにいわせれば、逃避こそ問題を克服するための、容易かつ危険のない方法であった。

グライダーの姿が見えてきた。

「やっと到着したか。ブルは旗艦の前でスピーチしたいそうだ。われわれもそろそろ出かけよう」

ホッジはカサルの上官だ。議論の余地はない。トレヴォルは冷えた飲み物を飲みほすと、グラスを置き、提督について、執務室をあとにする。専用の反重力シャフトで地表に下り、着陸床に出ると、大型グライダーの編隊が着陸するのを待った。

「中継チームがきています、サー！」カサルが女性レポーターをさししめす。その背後には、浮遊カメラ・プラットフォームがつづいていた。

「わたしにまかせろ！」と、答え、威厳をにじませて立ちどまり、レポーターが近づくのを待つ。

レポーターは挨拶もそこそこに、

「提督」と、ひかえめな声でいった。「あなたは艦隊の最高幹部のおひとりです。その立場から、この部隊の任務について、話していただけますか？」

ホッジはインタビューに答えながら、自分とカサルのあいだにある緊張も緩和したいと思いながら、

「この作戦を準備したレジナルド・ブルの見解は、ご存じのとおりだ。われわれ、三十八隻からなる部隊で、星の橋の〝南宙域〟に向かう。つまり、プロン銀河の反対側に。そこで、バジンスキー星団の星系を調査する予定だ」

「そこで、テラによく似た惑星を見つけられるのですか？　全テラナーが移住できるような惑星が。発見できる可能性はどのくらいでしょう？」

「予断を持つ者はいない。われわれの任務は、レジナルド・ブルにより、明確に決められている。わたしとしては、副官のカサル準提督とともに、可能なかぎり情報を収集してくる。それだけだ。すべての恒星と惑星を調査して、分析が終わりしだい、もどってくることになっている」

テレビカメラがカサルの姿をとらえる。レポーターは目をまるくして、しばらく考えてから、

「準提督は不屈派として知られていますが、なにを期待して、この計画に参加されたの

ですか？」

カサルは短くほほえんだ。女を魅了するのに充分な笑みだ。

「わたしの期待ですか？　基本的に、それは重要ではありません。わたしは宙航士で、明確な任務をうけています。それについて論評する立場にはありません。われわれの目的は、人類の存続を確実なものにすることであり、それがどのような方法でなされるかは、副次的問題です。ただし、目的を達成するためには、さまざまな道があるはずです。ともあれ、帰還したら、もっといろいろお話しできるでしょう」

「遠征の期間は？　どのくらいかかると思いますか？」

若い準提督は答えるかわりに、レポーターのライトブルーの目をのぞきこんだ。それがどういう効果をおよぼすか、充分に計算しているらしい。

「ホッジ提督とわたしは、すべてを三カ月以内に終了できると確信しています。もちろん、予想外のアクシデントが発生しなければですが」

「ありがとうございました。では、ふたたび提督にうかがいます。レジナルド・ブル自身が見送りにくるとのことですが」

ホッジは愛想よく、ウルトラ戦艦二隻をさししめした。二隻とも、一時間以内にスタートすべく、すべての準備を完了している。

「式典にご招待しよう。ブルはもう《ビューティー・オブ・ロジック》の下極部に到着したはずだから」

「感謝します、提督！」

ふたりは待機している重装甲グライダーに乗り、随伴する護衛グライダーをひきつれて、旗艦に向かった。どのグライダーも青い警告灯を回転させ、サイレンを鳴らしながら、下極エアロックをめざす。撮影チームのプラットフォームと、レポーターを乗せたグライダーが、あとにつづいた。

反対側から近づいてくるのは、レジナルド・ブルのコンヴォイだ。あちこちに、重武装ロボットの姿がある。ロボット部隊はエアロックの周囲に、正確に配置されていた。

数分後、提督と準提督は斜路の下に立って、グライダーから降りてくるレジナルド・ブルを出迎える。

レポーターもグライダーから跳びだし、国家元帥に駆けよって、どうでもいい質問をはじめた。ブルは正確に十分間だけ、それにつきあう。今回の調査遠征の意義と目的について、公式見解をしめし、最後に〝喉〟の危険は近い将来、解決できると表明するのが目的だ。最後に、

「全人類の最高の頭脳が、問題解決のために総力を結集している。いずれ、全人類が満足するような解決策が見つかるだろう。そう確信している！」

そういって、カメラにほほえみ、ホッジたちのほうに歩きだした。

作戦司令といならぶ将校団が敬礼で迎えるなか、その中央に進み、にこやかに答礼する。気さくに声をかけて、たいして重要ではない質問をいくつかしたあと、カサルの前で立ちどまり、カメラのような記憶力を発揮した。

「たしか、ペルトとポインターのことで、話がしたいといっていたはずだな、トレヴォル？」

「重要な問題だと思いまして、サー」と、若い準提督はおちついて応じる。「免疫保持者が同行するのは、論理的でありましょう。協力できることもわかっていますし、保安上も問題はないと考えます。ですが、研究チームの編成について、頭を悩ませておりまして。どうするにしても、閣下の承認が必要です」

国家元帥は考えていたが、やがてうなずき、

「なにか困難が生じるというのかな？」と、たずねた。

「直截《ちょくせつ》的なものではありませんが……遺憾ながら、病人二名は現状を理解できず、その見解を変えることも不可能です。そこで、わたしの権限範囲をうかがいたいのでして」

ブルはそっけなく肩をすくめて、

「これまでも、エモシオ代弁者二名と折りあってきたのだろう？　それとも、ふたりが任務の障害になるというのか？」

「いえ。そうではありません。反対です、サー」

一瞬、この男らしい冷徹さが前面に出る。カサルにとっては、感情の絶対的排除こそ、最終的な目標なのだ。そうなれば、純粋で怜悧な理性が、論理の光と完全に融合するから。かれは病人二名が、アフィリカー八千名のなかで危険におちいり、確率は低いものの、最悪の場合は殺されると計算している。ふたりは健康な血液にもぐりこんだ、病原体にひとしいから。そのため、ペルトとポインターの参加が決まって以来、ふたりにたえず気を配ってきたのである。ふたりが殺されるのを、黙認するわけにはいかない。

だが、その命を守るには、ブルの公式なうしろ楯が必要だった。ホッジでは、ふたりの命を守るため、服務規定に違反した場合、力にならないと思っているのである。

「乗員は事情を知っているのか？」と、国家元帥はたずねた。こういう些細な問題に対処するのは、わずらわしいと思っているようだ。しかし、たったふたつの中性子でも、連鎖反応を起こす可能性があると、わかっている。

「将校には知らせてあります」カサルはそっけない調子で、「全員、限定的ではありますが、この特別事態をうけいれています」

「では、きみとしては、服務規定の許す範囲で、ふたりの生命を守ってもらいたい。もちろん、調査飛行の成功がすべてに優先されるが。この枠の範囲で、必要なことをすればいい」

「明確な指示に感謝します、サー！」カサルは満足そうに礼をいった。あとは艦載ポジトロニクスに、この処置を実行するよう命令するだけでいい。ロボットはしかるべきプログラミング……その処置が必要な場合は、人命を保護すべしというプログラミングを適用するだろう。

ブルはホッジをはじめ上級将校と、しばらく話をつづけた。

そのあと、護衛にかこまれ、ひきあげていく。中継チームがそれにつづいた。セレモニーは終わったのだ。それを合図に、ロボット部隊が撤収を開始し、将校たちも各自の艦にもどっていった。

＊

司令室にもどったカサルは、スタート準備を見守った。乗員やロボットはいまも忙しく動きまわっている。

「地球に似た、居住可能な惑星を発見しても、驚かれはしないでしょうね？」と、ホッジに話しかける。

提督にとっては、それこそが重要なポイントなのだ。ある意味でそれがすべてといってもいい。べつの惑星、べつの恒星……あるいは、その恒星の放射が。

「驚きはしないだろう。メールストローム内の地球型惑星は、当初の予想よりかなり多いとわかっている」

老人はそういうと、ほほえんで見せ、顔を近づけると、

「わかっているのだ」と、ほかの乗員に聞こえないようにささやいた。「こういう考え方は、きみにはおもしろくないのだろうな」

「わたしはこれまで、自分の立場を明らかにしてきました。あのレポーターに話したことがすべてです」

「きみには信じられないのだろう……筋金入りの不屈派だから。地球に似た惑星など、じゃまな存在にすぎない」

若い準提督はうなずいて、

「そう信じていただいて、けっこうです。わたしとしては、地球のかけがえのない価値について、考えているだけですが。すべてをほかの惑星にうつすことはできません。子供でもわかる事実です」

ホッジは目を細めた。

「年よりだからと、あてこすらないでくれ。わたしにしても、新しい地球を発見するのがどういうことか、わかっているつもりだ」

あんたにわかるはずがない、じいさん……そう思ったが、もちろんそれを口に出すことはない。問題は恒星の放射なのだ。つまり、純粋理性の夜明けを可能にした、あの放

射である。もしほかの惑星に疎開したら、人類は短期間のうちに、またもとの状態に逆もどりしてしまう……そう想像しただけでも、ぞっとする。

「全員が承知しています!」そういって、話を終わりにした。この件について議論する気はない。あのふたり……ペルトとポインターを見てこよう。かれらを観察すれば、テラから逃避したら人類がどうなるか、はっきりわかる。

野蛮への退行だ!

＊

数日後、艦隊は目標宙域でぶじにリニア空間から出た。コース前方に小星団がひろがる。十九の恒星のうち、八つはメダイロンとはまったく違う特徴をしめしている。だが、のこり十一は惑星をしたがえているはずだ。

これから、ルーチンワークがはじまる。

とはいえ、全乗員が神経をすりへらすルーチンワークである。こまかな部分的情報を得る場合も、天文・宇宙物理学者とそのスタッフを、総動員しないとならない。もちろん、艦載ポジトロニクスも。しかも、そうして得た情報も、役にたたないケースが大半なのである。

しかも、さっそく問題が起きた。艦隊から三光年はなれた黄色恒星が、惑星七つを擁しているとわかってから三時間後、一宇宙物理学者が即決裁判で銃殺刑になったのである。公判は迅速で、議論の余地はなかった。トレヴォル・カサル自身がその若い科学者を処刑室に連行し、ロボットの執行部隊を監督したもの。

優秀な科学者を失うのは残念だった。理由も、損失の大きさも、よく理解している。しかし、判決は妥当で、やむをえない結果といえるだろう。その科学者は、おのれの研究結果に満足し、グループのほかのメンバー……具体的には惑星学者との共同研究を拒否したのである。これを許せば、研究のために他人の分析を利用することが困難になり、任務達成の大きな障害となっただろう。

艦隊の服務規定は、さまざまな違反事項について、再犯が不可能なように厳正な対処をもとめていた。死刑にすれば、再犯の可能性はないわけである。この方法では、艦隊で発生する事件の九十五パーセントで、死刑が適用されることになる。つまり、旗艦乗員八千名のうち、四百人がスタートの時点で、すでに死刑判決をうけていることになる……ただ、だれがその四百名にはいるか、決まっていないというだけで。

ともあれ、この公開処刑はほかの三十七隻にも中継された。そのあと、艦隊は死んだ科学者が確認した恒星に向かう。すくなくとも七つの惑星がめぐる恒星は〝脳波〟と命名された。

そのあと、カサルは三十八隻がそこに向かうあいだ、艦内をくまなく歩きまわり、秩序の維持につとめる。まだ当分のあいだ、なにかを思考したり、あるいは行動するひまはない。一セクションで情報収集のため、乗員と話していると、艦内放送で呼びだされた。

もよりのインターカムに走り、司令室を呼ぶ。まもなく、スクリーンにホッジ提督の上半身がうつしだされた。

「すぐにもどってくれ、トレヴォル。時間がない」

「五分で行きます！」準提督はそう応じると、近くの反重力リフトに向かった。正確に五分後、司令室にはいる。エンクヘル・ホッジは司令シートにすわり、その前にバジンスキー星団の立体模型が用意されている。

「きみもすでに分析結果を見ていると思うが……」と、提督は挨拶ぬきではじめた。

「すべてではありませんが。なにが問題になっているのですか？」

ホッジは〝脳波〟をめぐる惑星軌道の中央あたりをさししめし、

「わたしは旗艦でここに降りてみるつもりだ。第三は酸素惑星だとわかった。きみには、《パワー・オブ・リーズン》を旗艦とする第二部隊を編成してほしい。十三隻が同行する。例のふたりも連れていくのだ」

準提督はうなずいた。

「わかりました。目標は設定ずみでしょうか？」

「この恒星だ。同じような特性があると思われる。〝リアリティ〟と命名した。わたしも、ここでの調査結果が不調なら、きみのあとを追う」

「了解、サー。すると、単独で作戦行動してよろしいのですか?」

「もちろんだ。ただし、服務規定の範囲で。さっそくはじめてくれ」

「すぐに部隊を編成します、サー!」

カサルは規定どおりに敬礼して、司令室を出た。

二時間後、《パワー・オブ・リーズン》は十三隻をひきいて、小星団の中心部に向かう。これでゲームを開始できると思うと、気分が高揚してくる。〝認識の美〟が目の前にあった……綿密に関連する、情報と行動との合理的帰結が。結論はまだ知らない。もし、だれかがその結末を預言していたら、きっと驚いただろう。

2

バジンスキー星団の恒星リアリティは、ソルに似たG0タイプで、直径は百五十万キロメートルちょうど。表面温度は六千五十度、質量は二・一かける十の三十乗キログラムだった。第二艦隊が接近するにつれて、惑星四つの所在が確認されたが、生物の生存可能領域をめぐるのは第二だけである。

トレヴォル・カサル準提督はこの惑星を〝シグナル〟と名づけた。初期計測の結果、直径は一万三千百キロメートル、質量は五・七五かける十の二十四乗キログラムとわかる。惑星表面の平均重力は〇・九一G、陸と海の比率は二対三、恒星との平均距離は一億八千七百万キロメートルである。

基礎データから見ると地球にそっくりで、実際に楽園と呼んでよさそうな惑星である。当然、着陸にも問題がなかった。

＊

「この惑星、調べれば調べるほど、パラダイスだと確信できるわ、サイ」と、レーラ・ポインターがいった。サイワン・ペルトは恋人の髪をなでながら、つづきをうながす。

「それでも、危険や破壊、苦痛、死のことが、頭からはなれないの。われわれもアフィリーに感染してしまったのかしら？」

男はスクリーンを見つめ、慎重に答えを考えた。恋人の感受性が強いのは知っている。超能力者ではないのだが、その予感は驚くほど的中するのだ。

「いや、感染するはずはないさ」と、ようやく口を開き、スクリーンにうつる白い雲海に目をやった。ちょうどその一画に切れめが生じ、大陸と海が見えたのだ。「でも、それで安心はできない。ここにいるかぎり、虜囚も同じだから……たとえ、あそこに降りても。アフィリカーたち、われわれを外に出さないだろう」

「きっとそうね。正真正銘のパラダイスなのに……」

艦載ポジトロニクスは自由に使用できる。ふたりはデータを呼びだし、知りたい情報を手に入れた。十四隻の科学チームは、いまも総合的分析をつづけている。サイワンは声をあげて笑い、スクリーンをさししめした。

「あそこを！　島だ！　波もはっきりわかるぞ！」

ふたりはサイワンが〝監獄〟と呼ぶ、ふた部屋つづきのキャビンに収容されている。乗員はすべてアフィリカーだから、信用できない。ロボットも。たとえば、キャビンの外で〝護衛〟にあたるロボットは、実質的にふたりの監視役だった。カサルの許可がなければ、外にも出られない。

男は立ちあがると、青みがかった黒髪をかきあげ、グラスをふたつ手にした。アーモンド型の目は、祖先がユーラシア系であることをしめしている。

「まだチャンスはあるさ」そういって、グラスの中身を飲みほした。「この惑星には、きっと知性体がいるだろう。だから、カサルもきっと、われわれを必要とするはず。そうなれば、逃げだして、人間らしく生きることができるかもしれない。あの男、この惑星に人類を導く気はないから」

ポインターが口を開きかける。ペルトはそれを制して、

「盗聴されていると思ったほうがいい。カサルは無能じゃないからね。それどころか、すぐれた知性の持ち主だ。その能力を駆使して、われわれみたいな人間……つまり〝病人〟がどうふるまうか、計算しているはずだ」

レーラはとまどって、笑みを浮かべ、自分の飲み物を口にする。

「ほんとうにそう思う、サイ？」

「確信しているよ、レーラ」

男はスクリーンに目をやった。第二艦隊の十四隻は、さまざまな軌道で惑星をめぐり、あらゆる機器を使ってデータを収集している。したがって、最終的に着陸するまでは、

まだしばらく時間がかかるはずである。

ふたたび、恋人に視線をもどした。レーナはこの惑星より美しい。

知りあったのは、テラで強制労働の判決をうけたときだ。とはいえ、最初はポジトロン裁判の法廷で、ちらりと見かけただけだったが、それから一年以上にわたり、再会できるように努力したのである。

さいわい、ふたりは同じ労働キャンプに収容された。どちらの判決にも〝純粋理性の原理に対する侮辱〟という項目があったからだろう。もっとも、その言葉はもはや、イマヌエル・カントの意図とはかけはなれた使われ方をしていたが。

ともあれ、トレヴォル・カサルはふたりにとり〝救済者〟であった。準提督は調査艦隊が、知性体のいる惑星を発見するものと予想したから。その生物がまだ充分な発展をとげていない場合、アフィリカーには意思疎通ができない。そこで、ふたりの能力が必要になるのだ。レーラとサイワンは、感情を持つ生物と、純粋に理性的に行動するアフィリカーとを仲介する、通訳の役割をはたすわけである。

もっとも、ふたりにとっては、この〝救済〟をうけいれる以外に、選択の余地がなかったのだが。

いずれにしても、ふたりはいま、限定的ながら行動の自由を保証されていた。

しかし、できればアフィリカーのもとから逃げだして、〝まとも〟な人々と暮らしたかったが。

こういう境遇だから、ふたりが愛しあっているのは、ある意味で当然だろう。サイワンの不断のユーモア精神と、レーラのひかえめなおちつきは、よく調和していた。危機におちいったテラでは、さまざまな価値が逆転して、それが〝進化〟と呼ばれてきたもの。そのあげく、百二十年にわたって、つごうのいい教育がつづけられてきたのだ……

「着陸態勢にはいったわ！」と、レーラがいった。スクリーンいっぱいに、半月型にならぶ大小さまざまな島がうつしだされる。高度はさらに下がり、ウルトラ戦艦は湾をこえて、大陸部の森林、川、山岳地帯を次々に航過していった。司令室では、すでに着陸地点を確定したようだ。案の定、サバンナ地帯に達するとゆっくり旋回を開始し、やがてその一点に降りていく。

「きみのいうとおりだ。われわれ、もうすぐ、この牢獄から出られるかもしれないぞ」と、サイワンがつぶやく。

「なにか目についたものは？　都市どころか、集落もないみたいだけど」と、レーラ。「そうらしい。文明があるとしても、石器時代段階だと思う。いずれにしても、高度な技術文明はなさそうだ」

ふたりは愛情あふれる視線をかわす。アフィリカーの前では、こういう表情は決してできない。

サイワンの身長は百七十センチメートルほど。レーラはそれより数センチメートル低かった。テラのアメリカ地区出身で、肩まで伸びた明るい褐色の髪と、グリーンの目が印象的だ。生得《しょうとく》の魅力はアフィリカーでもわかるはずだが、それを賞讃するのは、サイワンのような免疫保持者だけである。逆にいうと、いまこの艦隊で、サイワンにライヴァルはいないということ。

「まちがいない」と、ペルトは声をひそめていった。「でも、高度ではないものの、あそこに人造湖が見えるぞ。堤防やダムもある……どうやら、カサルのやつ、われわれに援助をもとめてきそうだな」

盗聴装置のことを考えて、それ以上はいわない。しかし、逃げられるなら、なんでもするつもりだ。

「惑星の土を踏めるといいな。ここは永遠に春がつづく世界らしい！」

レーナがほほえんだ。いいたいことを、完全に理解しているということ。ふたりは身ひとつで逃げだすことになるだろう。それがどれほど危険かも、承知していた。それでも、自由を獲得するチャンスを待っているのだ。

むなしい期待なのだろうか……と、サイワンは考えた。危険がしだいに迫ってくる気がする。だが、やりとげるほかないのだ。

＊

クラット少佐は砂糖をふたつ、カップにほうりこんだ。それから、カップを飲料自動供給装置の注ぎ口に置き、熱いコーヒーと冷たいミルクが満たされるのを待つ。それを持って、星図テーブルにもどり、上官にさしだした。

「すまない、クラット！」トレヴォル・カサルはそれをうけとり、指をやけどしそうになる。「今後は老提督とはべつに行動する。よろしいな？」

ヘイリン・クラットは明らかにとまどっていた。細い禁欲的な顔に、複雑な感情がよぎる。

「この任務について聞いた段階で、そうなると考えていました。ホッジはあなたをやっかいばらいするつもりです。この惑星のデータを持って、ブルのもとに飛び、うやうやしくさしだす気でしょう。とにかく、提督は老獪《ろうかい》ですから、正確なデータを得る前にわれわれを派遣した以上、なんらかの理由があると思います」

少佐もカップを手にとり、ひと口飲むと、喉をつまらせて咳《せ》きこんだ。顔がいったん真っ赤になり、すぐ蒼白に変わる。必死で咳をこらえているらしい。喉仏がはげしく上下した。

「いつもながら、ひどいコーヒーだな」カサルはそうつぶやいて、一連のスクリーンを次々に眺めまわす。偵察グライダー部隊から、近隣地域の詳細な映像が次々に送られてくるのだ。ほかの十三隻も、障害物のない場所を選んで着陸していた。鋼の球の群れは海岸にそって東西にならんでいる。

「味以前の問題として、熱すぎます！」と、クラットがあえぎながら、声をしぼりだした。少佐はカサルのいちばんの腹心だ。飛行中はずっと、乗員の動向を監視する任務についていたもの。

準提督はシートにからだをあずけた。まだ時間はある。

とにかく、なにをすべきか、熟慮しなければならない。ホッジからうけとった惑星プシオンについてのデータには、見るべきものがなかった。逃避派からすれば、植民に最適な惑星だろうが。

とはいえ、提督がこの惑星をどうするか、まだ見当もつかない……

一スクリーンに目をとめて、数値を読みとり、いくつかキイをたたくと、マイクを手にした。

「カサルだ。たったいまうつしだされた物体の近くに向かってくれ。全カメラを動員して。生物だと思う。くわしい情報がほしい」

「了解、サー！　カメラ四基を向かわせます。ですが、知性体はこれまで発見しておりませんが」

準提督はうなり声で応じ、インターカムのスイッチを切る。まもなく、全周スクリーンの下の部分に、探知セクターが四つ生じた。それをつぶさに観察する。どうやら、まさに〝発見したくなかった〟惑星と遭遇したようだ。客観的に見れば、植民に最適である。つまり、不屈派にとっては、害毒そのものといっていい。調査遠征の完璧な失敗こそが、自分の目標だったのだが。

いずれにしても、この惑星は無視できない。無視するには危険すぎる。

十四隻の全乗員が、シグナルが楽園だと証言するだろう。

「提督がもしこの天国を……この海岸や森を目にしたら、すぐテラに帰還して、疎開惑星を確保したと宣言するはずです。こういう映像が一ダースもあれば、世論は逃避派を完全に支持するでしょう」

クラットはそういうと、またコーヒーをひと口すすった。

「まったくそのとおりだ、少佐！」指揮官はうなずくと、この映像を記憶にとどめる。ぞっとするほど印象的な風景だ。空はあくまで青い。テラの空も、かつてはこういう色だったのだろう……テラがソルにかわって、メダイロンの公転軌道をめぐるようになる前は。

流れる綿雲のあいだから、恒星が顔を出した。この輝く円盤が発する熱は、惑星の平均温度を一年じゅう、摂氏十八・五度から十九度にたもっている。大気組成も構造も、テラとほとんど変わらない。地軸のかたむきはごくわずかで、そのために季節の変化はほとんどなく、極冠も存在しなかった。変化に富む植物相が、両極地域までひろがっているのだ。

部隊が降りた湾の周囲には、なだらかな丘が連なっていた。明らかにテラより古い惑星だ。遠くに見える山脈も風化が進み、アンデスやヒマラヤなどのような峻険さはない。

湾は……

海は西に向かって開いており、ほぼ円形で、直径にすると六百キロメートル以上はある。白い砂浜、うっとりするほど美しい岩礁、無数の入江がどこまでもつづき、無数の河川が流れこむため、あちこちに三角州がある。海岸ぎりぎりまで森が迫り、砂州にも無数の植物が繁茂していた。数世紀にわたって形成されてきた、息をのむような風景である。やがて、スクリーンに驚くべき映像がうつしだされた。

都市だ……いや、むしろ巨大な村といったほうがいいだろう。

この惑星にはめずらしい、けわしい岩場と、低い森におおわれた高原の向こうに、ゆるやかな斜面がある。そこに〝村〟を見つけたのだ。制御プレートを操作して、その映像を拡大した。こうすれば、司令室の全員が気づくだろう。

カサルは論理的行動に慣れている。おかげで、感情を表面に出さないまま、冷静に観察をつづけられた。どうやら、テラナーはここで、自然と共生する種族と遭遇することになりそうである。

円錐型の小屋が数千、人間の舌を思わせるかたちにひろがり、斜面をおおっていた。その〝都市の一部〟が大きな川までつづいている。人造湖の両岸にも、森に向かう両側の斜面にも、同じような集落が無数にあった。とはいえ、小屋が集中している場所も、植物があふれている。

「耕作地らしきものはありません。あの植物の群落は、どれも自生しているようで、種類も多種多様です」と、一グライダーから報告がはいった。

「わかった」

艦内では、科学者とポジトロニクスが情報分析にあたっている。分析結果はふたたび艦載ポジトロニクスにフィードバックされ、より精度の高い推測が、報告というかたちで提示された。もっとも、いずれもカサルがすでに考えていたとおりだったが。

シグナルは人類を救うために、理想的な惑星だ。

「危険な動植物は存在しないようだ」と、報告に目を通しながら、「クラット！　エアロックを開け、空調を作動させろ。必要な装備を運びだすよう、必要な指示をたのむ。それがすんだら、あの病人二名を司令室によこしてくれ」

クラットはすっかりさめたコーヒーののこりを飲みほすと、立ちあがり、

「了解、サー」そういってから、声をひそめて、「わたしの例の任務ですが、続行しま

すか？」

「もちろん。きわめて重要だからな」と、カサルも小声で応じる。「わたしが行動を起こした場合、乗員がどう反応するか、正確に知っておきたい。その瞬間はもう目前に迫っているはずだからな」

「わかりました！」

少佐は司令室を出ていった。その禁欲的態度にふさわしい、重々しい足どりで。この男もカサルと同様、論理と理性の熱狂的信奉者なのである。おまけに、ロボットのようながっしりした体格なので、人間らしいところはわずかしかない。

「ともかく、この惑星に軍事的脅威が存在しないのは明らかだ」準提督は大声でそういうと、自分も立ちあがった。

着陸進入の段階でも、着陸したあとも、宇宙航行が可能な知性体が存在する兆候はまったくない。つまり、危険な敵はいっさいいないということ。カサルには、死に対する恐怖がない。本能そのものを無視できるのだ……アフィリカーでも、大半は原始的本能を、いくらかのこしているものなのだが。しかし、それにもかかわらず、災厄を予感したのはなぜだろうか？

おそらく、ホッジが惑星シグナルに関する報告をうけとったさい、どう反応するかを考えていたせいだろう。

それ以外の原因は考えられなかった。

着陸してから一時間ほどが経過し、いまは艦内時間で正午をまわったところだ。この惑星の一日は、二十五時間十八分とわかっている。

「サー！　病人を連れてまいりました！」

指揮官は振り返り、若い女と黒髪のたくましい男を見つめた。ふたりとも、完全に平静をたもっている。むしろ、連行してきた護衛のほうが、緊張しているようだ。護衛の背後には、武装ロボットもひかえていた。

カサルもおちつきはらって、

「ふたりとも、なぜこの遠征に同行したか、わかっているな？」

「もちろん」と、男が答える。「それについては、感謝しています、準提督！」

女はグリーンの目でカサルを見つめていた。こちらの反応をうかがっているのだ。だが、それはあえて無視する。相手は病人であって、敵ではない。

「礼をいう必要はない。わたしは状況にもっとも適した行動を心がけているだけだから。さっそくだが、この映像を見てもらいたい」

そういって、一スクリーンをさししめした。円錐型の小屋の拡大映像がうつしだされている。小屋は石かモルタルでできており、周囲の岩や植物など、風景にみごとに調和していた。

「人工の住居のようですが」と、ペルトが応じる。

「そうだ。小屋の高さは二百センチメートルほど。住人は小人だろう。あの〝都市〟におもむいて、かれらと話してもらいたい。われわれのことを説明するのだ。その実力のほども」

男は声をあげて笑い、平然とたずねた。

「ふたりが脱走するとは思わないので、サー？　われわれ、強制労働の判決をうけているのですぞ」

「脱走したら、またすぐ逮捕するまでだ。住人の援助は期待しないほうがいい。テラナーに対抗できるような手段は、持ちあわせていないようだからな」

こんどはポインターが一歩、前に出る。美しい女だ。しかし、それだけだ。カサルはなにも感じない。男女の関係においても、純粋理性の原理だけが優先されるから。

「ほかに指示はありますか？」と、たずねる。

「諸君は病人だが、知性は高い。まともに行動するものと期待している。なにかわかったら、もどって細大洩らさず報告してもらいたい。おそらく、テラナーはこの惑星に植民することになるから」

女は一瞬、驚きの表情を浮かべた。盗聴した会話を分析して、ふたりの知性が高いことはわかっている。とりわけ、ポインターの知性はずばぬけていた。おそらく、カサル自身より上だろう。だから、いいかげんな嘘はかんたんに見ぬかれるはず。それでも、あえてつけくわえた。

「ホッジ提督に報告するために、この惑星について、あらゆる情報を収集したい。百パーセント以下では満足できないのだな。技術的支援については、心配しないでいい。トランスレーターなどの装備やグライダーは、すでに手配してある」

そのあと、護衛とともにやってきた四十歳ほどの技術者に視線をやり、

「準備はととのっているな？　では、スタートしてくれ」

一行は無言で司令室を出ていく。準提督は司令シートにもどると、また考えこんだ。地球はいますぐにも、この惑星を必要としている。危険が迫っているから。だからこそ、なんとかいまのうちに、手をうたなければならない。

「伝令！」と、低い声で呼ぶ。

若い将校がすぐ走ってきた。服務規定は可能なかぎり、完璧に職務をはたすようもとめている。だから、こうした態度はある意味で、かれら自身の利益になるのだ。もしのろのろしていて、不服従の罪に問われたら、それは身の破滅を意味するから。不服従は重罪で、重罪は即決裁判を意味し、そうなればかならず有罪判決をうけるから。

「サー？」

「グライダーを用意するのだ。クラット少佐の準備ができしだい、下極エアロックから

スタートする。手配してくれ」

「ただちに、サー！」

将校は大急ぎでインターカムに走った。カサルは司令室を出て、反重力シャフトに向かう。

下極ハッチは命令どおり、開放されているはずだ。艦内の殺菌された空気を排出し、やわらかい、かすかに芳香のある惑星の空気と入れかえるのである。

遠征艦隊をなんとかして掌握できるだろうか……と、降下しながら考えた。

リスクはもちろんあるが、あくまで合法的にホッジから権力を奪取したら、ほとんどの乗員は沈黙し、自分にしたがうだろう。当然、急進的な逃避派は反発するはずだが、かれらにイニシアティヴを握らせなければいい。つまり、問題は〝権力委譲〟をどう印象づけるかだ。

もっとも、クラット少佐の報告を見るかぎり、楽観は許されなかった。たしかに、乗員の八十パーセントはこの問題に無関心だ。だれが指揮をとるかは、重要ではないのである。

問題はのこりの二十パーセントだった。

高級将校たちが自分を支持するかどうか、わからない。だが、なんとかして説得しなければならない。それがうまくいかなければ、調査結果の改竄《かいざん》はどう考えても不可能だから。ただでさえ、乗員がうっかり口をすべらせる可能性を、完全には排除できないのだし、この惑星はパラダイスであってはならない……

下極部に到達し、エアロックに向かう。周囲は外を見物しようという、非番の乗員でごったがえしていた。そのあいだをぬけて、斜路を下りる。指揮官機のエンブレムが描かれたグライダーはすでに着陸しており、パイロットが敬礼で迎えた。

準提督はほほえんで答礼すると、コクピットにもぐりこむ。だが、胸中はおだやかどころではない。これからの数時間、純粋論理と理性のすべてを傾注しなければならないのである。

恒星リアリティは危険そのものだ。

その放射は、アフィリカー全員を感情に左右される病人にしてしまう。だからこそ、疎開を全力で阻止しなければならないのだ。次の瞬間、大胆ながら戦略的に完璧なアイデアがひらめいた。大急ぎで、それを論理的に再検討しながら、表面的にはおちつきはらったまま、

「とりあえず、この地域一帯を旋回してくれ。それから、途中で旗艦以外の十三隻と連絡をとりたい。司令室を呼びだしておくのだ」

パイロットは命令を復唱すると、グライダーをスタートさせる。飛翔マシンは母艦の影を出ると、旋回しながら上昇していった。

3

惑星シグナルにおいては、母なる自然とは、知性体の考えだした概念ではない。じつのところ、あらゆる惑星の場合も同じなのだが、自然信仰の特殊な形態から、必然的に発展した概念である。原始的な埋葬儀礼、狩猟、戦いなどにも、これが反映されているのは、宇宙考古学の成果からしても明らかだ。

あらゆる種族にとり、自然こそがすべてなのである……とくに、歴史の黎明期においては。季節の変化、天候、天変地異といったものは、物理学的知見とはべつの、決定的意味を持つのであった。

そう考えれば、惑星シグナルは正しく評価できるだろう。住人は信じられないほど非論理的で、一種の共同体的知性ではないかと思ったほどだった。より正確にいうと、評価そのものができない状態なのである。いずれにしても、この〝半知性体〟が非常に野蛮な段階にあるのは明らかだったが。

トレヴォル・カサル

＊

レーラ・ポインターは興奮をあらわにしていた。いきなり解放感に満たされ、コクピットのグラシットに顔を押しつけ、眼下の風景に見入っている。その目は文字どおり、輝いていた。

「あそこよ、すぐ前！　サイワン、のどかな広場があるわ。住人が外に出てこないのが残念ね！」

円錐型の住居は、おもちゃの家そのものだった。住人はいきなり出現した巨大な宇宙船に、心底驚いたのだろう。《パワー・オブ・リーズン》はこの〝町〟から見ても、全天のなかばをおおいかくしている。まさに〝鋼の山〟だ。その影は斜面全域だけでなく、人造湖にまでおよんでいた。

「たしかに、着陸するには絶好の場所だな。あの草原に寝ころんでみたい」

サイワン・ペルトはそう答えて、操縦に専念する。

まもなく、小型グライダーは〝広場〟に降りた。針葉樹林のあいだにできた空き地で、指ほどの長さの落ち葉が堆積している。ペルトはエンジンを停止させて、ドアを開けると、

「ずっととどまっていたいな」と、大声でいった。「ここは健全な世界だ。健康な住人

がいる惑星といってもいい」

それから、レーラに目をやり、笑みを浮かべる。恋人は少女のように興奮していた。こういう姿は、いままで見たことがない。

ふたりはグライダーを出て、周囲を眺めまわした。

「いまいましい船だ！」と、ペルトがささやく。

銀色の巨艦は文字どおり、すべてを圧していた。それにくわえ、高空から超低空にいたるまで、いたるところに偵察グライダーの姿がある。さらには、スペース＝ジェットが爆音をのこして、雲間に消えていった。遠方に目をやると、ほかの球型艦二隻のシルエットが見える。視界にはいってくるのは、この三隻だけだが、それでも惑星シグナルにとっては、脅威以外のなにものでもない。

「住人はかくれている。われわれを恐れてるんだろう」ペルトはそういうと、ひざまずいて円錐をのぞきこんだ。

「それとも、死にたえたのか……」と、がっかりしてつぶやく。

たしかに、集落は死にたえたようだった。だが、それにもかかわらず、知性体の暮らしの痕跡が、いたるところにのこっている。レーラは円錐のひとつに近づき、これが決して〝小屋〟などではなく、非常に洗練された住居だと気がついた。

とはいえ、ぶあつい苔と、黄色い壁の境がはっきりしていないところを見ると、手入れは充分ではないようだが。

「なにか見える?」と、たずねた。

「いや、なにも。住人はかくれているな」と、ペルト。

レーラは上空をさししめして、

「アフィリカーはこの町に興味がないようね。だれも着陸しようとしないし。カメラで観察するだけで満足しているわ」

「実際、アフィリカーにとっては、ここに知性体がいても、どうでもいいことなんだろうな。自分から積極的に関わるつもりはないんだ」

そこで口を閉じる。指揮官機のエンブレムを描いた大型グライダーが、近づいてきたのだ。トレヴォル・カサルにちがいない。だが、こちらに干渉する気はないらしく、そのまま轟音とともに、人造湖の方向に飛び去った。ふたりは同時に安堵のため息をつく。当面はまだ自由を謳歌できるらしい。

レーラが大型グライダーを見送りながら、ささやいた。

「でも、またもどってくるわね」

その声が震えている。やはり、カサルを恐れているのだ。理由はわかる。レーラは愛する者を見つけたのである……つまり、自分を。だが、場合によっては、このすべてが失われてしまう。それはレーラにとり、死よりもつらい……

「とにかく、住人とコンタクトしてみよう」サイワンはまたほほえんだ。「個人的にも興味があるからね。うまくいくといいな」

そういうと、両手をついて、なめらかな石を積んでつくった建物の入口に向かった。石は宝石ではないが、きらびやかに輝いている。入口にたどりつくと、トランスレーターを作動させて、マイク部をなかにつっこんだ。

なかで動きがある。ざわめきといってもいい。それを見て、相手をできるだけ刺激しないように、小声で呼びかけた。

「われわれ、敵じゃない。その証拠に、ふたりだけでやってきた」

トランスレーターがしずかな音をたてる。またすこし前に進んだ。ドアは高さ六十センチメートル、幅が三十センチメートルたらずである。はいろうとすれば、肩がつかえるだろう。だが、なかをのぞきこんでいると、いきなり照明がともった。

半透明の素材でできた壁が二カ所、いきなり透明になる。それまでは乳白色の、ただの壁だと思っていたのだが、窓だったらしい。ペルトはそれが意味するところを悟り、愕然とした。ここの住民は、素朴な原住種族ではない。非常にすぐれた文明を有しているのだ。ただ、それに重きを置かないだけで！

「これは……信じられない！」と、うめいた。建物のかげから、住民二体があらわれたのである。

トランスレーターが音をたて、いまの言葉をインターコスモから未知言語に変換した。

だが、まだデータが充分ではないらしい。スピーカーから耳ざわりな音が響き、そのあとは完全に沈黙してしまう。住人二体とテラナーふたりは、そのまま見つめあった。

しかし、ペルトはこういう局面でどうすればいいか、一定の知識を持っている。

「外に出てきてくれ」そういって、ゆっくりと後退。

異生物二体は黙ったまま、大きな赤い目でこちらを見つめていた。しかし、やがて壁ぎわのベンチから立ちあがる。身長は四十五センチメートルたらずだ。

ペルトも立ちあがり、声をあげて笑った。レーラもほほえむ。

「うっとりするような庭の小人じゃないか！　ずいぶんちいさいんだな」

そういって、太い木の根に腰をおろした。

小人が出てくると、トランスレーターを地面に置いて、右手を肩の高さまで持ちあげ、てのひらをさしだす。友好と善意をあらわすしぐさだ。それでも、正反対の意味に解釈される可能性もあるから、油断はできない。

「かわいいわね！」と、レーラは木の幹にもたれたまま、ささやいた。

「隣りにすわってくれないか」と、たのむ。

住人は石の敷居の上で立ちどまった。本当に大人の肘から指の先までほどしかない。

だが、体型も、頭部も、人間にきわめて近い。テラナーの成人をそのまま小型にしたような感じだ。ちいさな手には、指がおや指をふくめて五本ある。動作も非常によく似ていた。

ペルトはゆっくりとしたジェスチャーで、両者はトランスレーターを介さないと、意思疎通できないことを伝える。そのあと、あらためて、

「われわれはテラナーだ！」と、レーラと自分をさししめした。

人間に似た小人は、ひと言〝デューケス〟とだけ応じる。

ペルトは自分をさししめして名乗ったが、反応はない。こちらを信用していないのは明らかだ。赤い目と、顎のとがった三角形の顔に、不審の色が浮かんでいた。髪は光沢のあるダークグリーンで、ハチミツ色の肌とみごとなコントラストをなす。長さは人間の指ほどありそうだが、おおざっぱに髷に結い、頭の上に載せていた。

ペルトはしずかに話しつづけた。なんとかして相手の注意をひきたい。誠意を持って接すれば、それがいずれ伝わるものと信じて。針葉樹の葉がつもった地面に、指で絵を描き、テラナーがどこからきたのか、説明を試みる。もちろん、敵意がないことも。

そのあいだも、デューケス二体から目をはなさず、その反応をたえず観察した。相手も同様に、こちらのようすを探っているようだ。

しばらくすると、一体が口を開く。どうやら女らしい。

テラの若い娘とそっくりな身ぶりが目だつが、それ自体は魅力的だった。ちいさな手

と指の動きは、いつか見たことのある影絵を連想させる。レーラもその動きを熱心に見つめていた。

声も非常に魅力的で、ちょうどソプラノの低声域だ。そのあいだ、トランスレーターもしずかに作動しつづけている。語彙を蓄積する一方で、言語の基本法則を解析するため、単語データを収集しているのだ。

気がつくと、大きな蝶が頭上を舞っていた。すぐ近くにある花畑からやってきたらしい。しばらくテラナーのまわりを飛びまわっていたが、小人の女が手をあげると、そっちに近よっていき、伸ばした指先にとまった。色彩豊かな羽根をゆっくり動かすさまは、幻想的な絵のようだ。

レーラが思わずほほえみ、小人も笑みを返す。それでようやく緊張がほぐれた。女はもう一体のデューケスをさししめし、大きな声で、

「カーロー！」と、いった。

次に、自分を指さして、

「ドーネー！」と、つづける。

テラナーふたりも名乗った。

やがて、トランスレーターのランプがグリーンに変わり、点滅しはじめる。

ペルトはほっとして、ため息をついた。だが、同時に、なにかとてつもない秘密が目

の前にあると意識する。家のまわりには、日常的に使用するような道具や機械のたぐいが、まったく見あたらないのだ。衣服も、テラの古代ギリシアやローマ、エジプトなどのものと似ている……つまり、布を織っただけで、それ以上は手をくわえていないように見えた。

また、食物を栽培しているようすもない。そういえば、かれらはなにを食べているのだろうか？　なんのため、どうやって生きているのか……？　高度な文明を有しているはずなのに、楽園のような惑星で、それに見あった生活をしているようだが……

さらに身振りをまじえた単語だけのコミュニケーションをつづけるうち、トランスレーターがとうとう機能しはじめた。

「あなたたち、どこからきたのか？」と、カーローがたずね、ペルトが説明にあたる。デューケスは宇宙飛行や、惑星の概念を持っていないようだが、天体の運行は知っていた。また、理解も早く、惑星について説明すると、

「なぜ、ここに着陸してきたのか？」と、すぐに質問してくる。

これは説明がむずかしい。そこで地球という惑星の状況から話すことにした。

「人間にふたつのグループがあるの、レーラ？」と、ドーネーがたずね、ポインターがそれに答える。気がつくと、ほかのデューケスたちも近づいてきて、周囲を半円型にとりかこんだ。年齢も外見もさまざまで、つごう十六体いる。一見すると、全員が同じよ

うな……マネキンのような印象をうけるが、慣れると個体をはっきり見わけることができた。

「地球には、免疫保持者のほかに、愛を持たない人間……アフィリカーがいるのよ」

レーラは歴史的関係もふくめて、さらにくわしく説明した。ペルトが聞くかぎり、危機的な問題をうまく嚙みくだいて表現している。おそらく、こういうかたちで話すことで、自身も抑圧から解放されていくのだろう。

そのあいだにも、小屋から出てくるデューケスは、さらに増えていった。かれらを観察するうちに、しだいに好感をおぼえるようになる。高度な知性を持つかどうかは、依然としてはっきりしないものの、すくなくとも小動物や赤ん坊のように、愛すべき存在というカテゴリーにははいる。

だが、それにもかかわらず、どうにも腑に落ちない点もあった。小人たちの態度に、どこかしら余裕を……それも、古代ギリシアのストア学派のような余裕を感じるのだ。あまりにも超然としていて、工業施設、経済基盤、食糧調達といった概念すら持っていないように思えるのである。

アームバンド・テレカムの呼び出し音が響いた。

スイッチを切り替え、応答する。

「ヘイリン・クラット少佐だ。コンタクトの試みは、どれくらい進捗しているか？」

短い、軍隊式の口調が聞こえると、小人のあいだに動揺がはしった。明らかに神経質になり、身をよせあっている。ペルトはそれを見ながら、

「まだはじまったばかりですが、愛すべき生物です……あなたには理解できないでしょうが」

「論理的な知性体か？　武器は持っているのか？」

免疫保持者は笑って、

「精神という武器なら……たぶん。いや、どこから見ても、脅威になるような武器はありません。小人種族で、デューケスと自称しています」

「デューケスだって？」

「ええ。とにかく、無害な知性体です。まだコンタクトの初期段階で、どういう種族か、正確にはわかりませんが」

「われわれをあざむこうとしても、むだだぞ！」と、少佐が恫喝《どうかつ》する。

「だます気はありません。とにかく、ここはユートピアだと思います、少佐。とくに命令や質問は？」

「いまのところ、ない。日没前には帰還するのだ。いいな？」

「わかりました、サー」

「よろしい。また連絡する」

かちりという音が聞こえて、コントロール・ランプが消えた。顔をあげると、小人たちのあいだに動揺がひろがっている。ペルトは両手をひろげて、

「いまのがアフィリカーの声だ。全員が病気で、しかもそれに気づいていない。それどころか、病気に免疫を持つわれわれのほうを、病人だと思いこんでいるんだ。論理、理性、サイバネティクスがすべてだと思っているが、実際のところ、治療が必要でね」

「母なる自然の助けが必要なのね！」と、ドーネーが笑いながら応じる。

「母なる自然でも、アフィリカーは救えないわ」レーラはかぶりを振った。

カーローは平然と、まじめくさった表情で、

「そのアフィリカーを、ここに連れてくるんだ。そうすれば、われわれが母なる自然にお願いするから。そうすれば、全員を治療できる。時間はかからない」

ペルトは眉をひそめた。聞きちがいかと思ったのだ。だが、トランスレーターは正確に機能している。では、いまの提案はどういう意味なのか？　だが、いくら考えてもわからない。さりげない提案だったが、それが言葉どおりの意味だとしたら、そこから導かれるヴィジョンは、思わず目眩《めまい》がするほど重要だった。

ぼんやりとこうべをめぐらせ、かすれ声で、

「きみには理解できたか、レーラ？」と、ささやく。

恋人はうなずいた。やはり青ざめ、指が震えている。ペルトはカーローに視線をもど

して、

「きみたちデューケスが、母なる自然の助けを借りて、アフィリカーに有効な治療をほどこす……そう聞こえたが、あっているだろうか？」

「そういったはずだ」カーローは自信たっぷりだ。

ドーネーが手をあげて、

「われわれは古い種族なのよ。あなたたちに手を貸す方法は知っているわ」そういって、町の背後にそそりたつ山をさししめした。町はセランガルというそうだ。「この惑星における、母なる自然の影響についていては、よく知っているわ。自然は光と雨をめぐみ、おかげで森や草原で、必要なものを見つけられる。デューケスは自然の一員となろうと、ずっと努力してきたのよ。まだまだ不完全だけど、いまでもその道をめざしているのに変わりはないわ。

ともあれ、母なる自然は病気だけでなく、人生のささやかな問題も解決してくれます。テラナーはデューケスとよく似ているから、その病気もきっと治してくれるにちがいないわ。あとはただ、テラナーがそれをうけいれるかどうかよ」

レーラが息をつまらせて、

「カサルが回復して、まともに反応するようになったら、どうなると思う？」

「正直いって、考えたこともないね。もう暗くなる。あとすこしで艦にもどらなくては。

ひと晩、じっくり考えてみよう」

「そうね！」

おそらく、デューケスは大自然の力を意のままにしているのだろう。数世紀にわたって、辛抱強く観察をつづけ、無数の実験を試みたすえ、惑星そのものを〝抽象化した自然〟として認識するにいたったにちがいない……治療技術、化学的知識、行動様式というようなものとは無縁の、抽象概念として。もしかすると、これはアフィリカーに対する決定的な〝武器〟になるかもしれない。しかも、この武器はアフィリカーを救いたいという希望によって、発動するのである。

ペルトはカーローに向かって、

「ひとつ、質問がある。われわれにとり、不利な答えであっても、文句はいわない。きみたちから見て、テラの二グループのどちらに正義があると思うだろうか？　どちらが病気で、どちらが健康なのだろう？」

デューケスは面食らったようすで、

「自明のこと。アフィリカー……自分自身やその子供、母なる自然や隣人など、すべてを愛せなくなった人間が病気なのだ。母なる自然も、そう判断するだろう」

テラナーはほっとしてうなずいた。さらに質問をつづける。

「では、レーラとわたしは健康だと思うか？」

「質問の意味はわかる。われわれから見れば、健康だ。とりわけ、その魂が。なにか苦しみをかくしているようだが、それでも断言できる」

レーラも質問の理由を察したらしい。サイワンの手を握って、うなずいて見せると、自分でドーネーにたずねる。

「ふたりは信用できると思う、ドーネー?」

小人の女はすばやく指を振った。蝶が飛びたち、トランスレーターのまわりを一周してから、ふたたびドーネーのところにもどり、こんどは胸もとにとまった。そのまま、羽根をたたんで動かなくなる。

「この惑星の生物は、信用できないと思ったり、悪いことを考えているとわかった相手には、決して近づかないわ。これが答えよ」

レーラはほほえんだ。心からの笑みだ。アフィリカーとともに生きているあいだは、決して得られなかった安心感につつまれているのだろう。実際のところ、ふたりは正真正銘の〝人間〟にかこまれているのである。だれにも本心をかくす必要がない。これはペルトにとっても、息もつけないくらいの経験であった。恋人がすすり泣く。よろこびをおさえきれないのだろう。

「もうすこし、話していてもいい?」と、たずねた。ペルトがその肩を抱いて、

「もちろんさ」

レーラとドーネーは、たがいを理解しあっているようだ。種族も、大きさも、文化的背景も違うが、〝女同士〟だからシンパシーを感じるのだろう。

「テラナーの願いが、あなたたちに災厄をもたらすかもしれないわ」

「デューケスには時間がたっぷりあるわ。あなたのいう〝労働〟とか〝勤務〟とは無縁だから。だから、どうすればいいか、話して」

「助けてくれるの？」

「もちろんよ。どうすればいいの？」

「アフィリカーをひとり、連れてくるわ。いってみれば、テストケースね。その男を使って、どうすれば治療できるか、ためしてほしいの。うまくいったら、その方法を拡大して、調査艦隊の全員を治療できるわ」

うまくいったら、善良隣人機構も歓迎するはずだ……と、ペルトは考えた。もちろん、口には出さないが。

「きっとうまくいくわよ。いつ連れてくるの？」

「あすの朝。夜が明けたら、なるべく早くもどってくるわ。それでいい？」

「もちろん」ドーネーは笑った。「またここにきてね。わたしが〝祭壇〟に案内するから。そこなら、だれにもじゃまされないわ」

「約束するわ」

「ありがとう。感謝する」ペルトはそこで口をはさんだ。「しかし、われわれにとっては、すべてを賭けたゲームなのだ。そう、命がけだから、すべてを秘密裏に進めなければならない。できるだろうか？」

カーローが笑い声をあげた。すべてがおかしな冗談だと思っているようだ。

「なるほど！」と、真顔にもどって、「たしかに、デューケスはテラナーにくらべたら、とるにたりない種族だと思うだろう。だが、豊かに、有意義に暮らしている。新鮮な果物も、ワインもあるし、音楽もダンスもある。さっき、レーラが話してくれたような〝文化〟も、すべて持っているのだ。戦うこともできる。エネルギー兵器はないが、われわれの武器もそれと同様か、それ以上に効果があるはずだ。それを積極的に使わないのは、〝使えない〟という意味ではない」

「それで安心したよ」と、ペルトはうなずき、「できたら、いまここで乾杯したいな。さっきいっていたワインを、持ってきてもらえないだろうか？　ぜひとも、いっしょに杯をくみかわしたい」

「すぐに用意するわ！」ドーネーはそういうと、家にもどっていった。

その胸もとから飛びたった蝶が、光りはじめる。夜になると、羽根が輝きはじめるようだ。

ペルトはもう一度、ここで得た情報を整理して考えた。あらためて、目眩を起こしそうなヴィジョンが開けたのだと意識する。

やがて、デューケスの女が家から出てきた。グラスふたつと、ワインの壺を抱えている。いずれも質素だが、みごとな造型だ。とりわけ、グラスは二百五十立方センチメートルほどの大きさながら、ガラス工芸の傑作といっていい。

小人の女はそのグラスを手わたすと、ワインをなみなみと注いだ。深い琥珀色の液体はわずかに泡だち、輝いて見える。さわやかな香りが漂ってきた。

注ぎ終わると、ワイン壺を抱えたまま、トランスレーターの横にすわる。

「もう一度、感謝したい」と、ペルトはいった。「デューケスと出会えただけで、うれしい。ここにいてくれて、ありがとう！」

グラスを勢いよく持ちあげたので、中身をいくらかこぼしてしまう。すると、小人たちが陽気な笑い声をあげた。すでに、百体ほどが集まっている。

サイワンはレーラにもグラスをわたした。

「わたしも感謝します！」と、レーラはそれをうけとって、「これほど早く友人になれたことにも！」

「会えてたぶんよかった」と、ドーネーが応じる。「あすの朝が楽しみね！」

テラナーふたりはグラスを干した。ペルトは上空に目をやる。球型艦のシルエットのなかで、開いたエアロックだけが光を発していた。上空には、グライダーの投光器が見える。とはいえ、のこっているのは数機だけだ。ある意味で牧歌的といってもいい、日没の風景である。一年じゅう、春の気候がつづく楽園惑星で、平和な住人とともにいる……このシチュエーションそのものが信じられない。

ペルトは立ちあがって、

「では、あすまた、カーロー。またじっくり話しあえるといいな」

「待っているわ」と、ドーネーがかわって応じた。

＊

サイワンとレーラはグライダーで《パワー・オブ・リーズン》にもどった。クラット少佐にあたりさわりのない報告をすると、将校食堂に向かう。

ほかの乗員に話を聞かれないよう、カウンターのすみにすわって、黙々と夕食を終えた。

そのあと、レーラが周囲に人がいないのを確認して、

「できるだけ早く、準提督をなんとかしないと」と、ささやく。「カサルはこの遠征を、なんとしても失敗させようとするはずよ。不屈派の急先鋒としては、当然だけど」

ペルトはうなずいた。長期にわたるOGNでのサヴァイヴァル訓練を思いだす。なにをすべきかは、わかっていた。

「まかせてくれ。うまくやるから……たのもしい庭の小人との共同作戦で！」

「そのあとは、指揮権を持つ人間が必要になるわね。ヘイリン・クラットじゃ、役にたたないだろうけど。あの少佐、アフィリーから解放されても、いまとあまり変わらないはずよ」

相談した結果、《パワー・オブ・リーズン》副長のヴァール・トランツ大佐に白羽の矢をたてた。ほかに適当な人間はいない。

そのあと、ふたりは深夜近くまで、無人の通廊を歩きまわった。興奮のあまり、眠れなかったのだ。結局、貨物室のエアロック前にすわりこみ、外を見ていたところで歩哨に見つかり、キャビンにもどされたが。

4

恒星〝脳波〟の第三惑星プシオンは、テラナーが定住できる世界ではない。直径は一万千三百キロメートル、質量は四・八かける十の二十四乗キログラムながら、表面重力は一・一二Gと、テラより大きい。平均気温は摂氏十二度で、表面の七十パーセント以上が陸地からなり、植物はシダ類や蘚苔類がわずかに存在するだけだ。浅い海には、生物が存在するが、食用には適さないと思われる。

しかし、最大の失望はレマッカ蝶の存在だった。色とりどりに輝く羽根を持つ巨大昆虫で、その猛毒により、すでに乗員二十一名が死亡した。こうなっては、カサル準提督の報告に期待するほかない。

三五八〇年七月二十六日の《ビューティー・オブ・ロジック》宙航日誌より

＊

エンクヘル・ホッジは孤独を好む男だった。ふだんから、任務以外では、だれに対しても関心をしめさない。

だが、いまは意気消沈して、トレヴォル・カサルのことを考えている。プシオンでは成果が得られなかったから。

「カサルみたいな男には、決まって輝かしい成功が転がりこんでくるものさ」と、副官のディミアンにぼやいた。「わたしはあくせく、任務をこなさなければならない……自分のために。艦隊にスタート準備を命じてくれ。ここにはもう用がない」

「目標はどうしますか？」と、ディミアンが小声でたずねる。

ホッジは長髪をかきあげて、

「オブジェクト3に向かう。確率リストの上位にあるから」

「わかりました」

オブジェクト3は酸素惑星だが、これまでの事前調査で、たいして見るべきものはないとわかっていた。酸素大気にしても、ぎりぎり呼吸可能というレベルなのだ。

「カサルからの連絡はまだか？」副官がもどってくると、そうたずねる。

「は、まだありません。通信センターからは、たえず最新報告を得ていますが……カサルをオブジェクト7に派遣したのには、なにか意図があったのでしょうか？」

ホッジはあっさりうなずき、

「そうだ。第一。疎開に適した酸素世界を発見させる。第二。わたしにとっては、じゃまだから。目標の惑星は、わたし自身が発見しなければならない。うまく発見できれば、不屈派を沈黙させられるし、わたしに対するブルの評価も上がるはず」

「きっと幸運をつかめるでしょう。黄色恒星のうち、惑星をしたがえるのは七つだけですから」

「わたしも、つかみそこないたくはない。ただ……」

そこで口を閉じる。通廊から、短い悲鳴がたてつづけに二度、聞こえたのだ。ゆっくりと振り返り、なにが起きたか悟ると、いきなり跳びあがった。次の瞬間、司令室が大混乱となる。提督が銃をかまえる前に、だれかがブラスターを発射し、開いたハッチの一部を溶かした。

「パラライザーを使え!」

大声でそう命じると、自分でも銃の安全装置を解除し、狙いをつけた。だが、まだ撃たない。一工兵がショックをうけたように、二メートルほど吹っ飛び、床に倒れてのたうちまわる。

「レマッカ蝶の大群だ!」と、だれかがどなった。見ると、航法士が立ちつくしている。顔面蒼白になり、足を震わせて。蝶の群れは大きな音に反応するらしい。二頭がすばやく、その男に急降下した。

べつの工兵は指で目をかきむしりながら、半狂乱になって叫んでいる。蝶が噴射する黒い毒液が、指のあいだから滴り、それを浴びた部分の皮膚が糜爛《びらん》し、煙をあげていた。眼球はすでに溶けてしまったらしい。眼窩《がんか》は空洞になっている。

男の頸と喉には、蝶がはりついていた。そうやって、長い毒針を深く刺しこみ、血を吸うのである。

司令室内には、ぜんぶで五十頭ほどが、獲物をもとめて乱舞している。だれかがまたブラスターを発射し、全周スクリーンの一部が轟音とともに砕けた。昆虫が床に落ちると、乗員が駆けよって踏み殺す。

それでも、レマッカ蝶は肉食獣のように襲いかかってきた。〝餌〟である生き血をもとめて、遠くから生物を嗅ぎつけ、猟犬のような正確さで飛んでくるのだ。おそらく、乗員が不用意にエアロックを開け、蝶の侵入を許したのだろう。

気がつくと、さっきの工兵が中央で仁王立ちになっていた。

顔と指の皮膚はただれ、剝落している。その頸には、ひときわ大きな蝶がとまり、餌にありついていた。この怪物が生け贄《いにえ》の眼球を溶かしたのだろう。腹部が異様にふくらんでいる。

工兵がまた悲鳴をあげた。それが長く尾をひき、すすり泣きに変わる。

ホッジは自分に向かって急降下してきた蝶を、身をかがめてかわすと、パラライザーで撃った。怪物は羽根の動きをとめ、足もとの床に落ちる。だが、それでも六本脚を動かして、獲物に這いよろうとしているようだ。それを見て、吐き気をもよおしながら、ブーツで踏みつぶした。すると、毒液がほとばしり、ズボンの膝あたりに付着する。次の瞬間、生地が腐食し、毒々しいグリーンの煙がたちのぼった。

しかし、さいわい毒液は、皮膚まで到達しなかったようだ。

司令室のパニックはおさまりかけている。乗員のなかには、相《あ》いかわらずブラスターを発射する者もいたが、大半はパラライザーを使って、蝶を制圧していた。スクリーンに目をやると、雲間から恒星がのぞいている。まもなく夕暮れだ。しかし、夜までには、艦内にもぐりこんだ蝶を一掃できるだろう。

とはいえ、まだ油断はできない。パラライザーの誤射で、乗員が倒れることもある。そうなると、麻痺して動けなくなった人々に、蝶は群れをなして殺到した。

ホッジは大声で、

「ハッチをすべて閉めるんだ！　でないと、どんどんはいってくるぞ！」

ディミアンがパラライザーを乱射しながら、司令室の主ハッチに走ると、周囲に落ちた蝶を踏みつぶしながら、緊急閉鎖レバーを倒す。そのあと、ハッチのわきの警報スイッチをこぶしでたたくと、壁を背にして銃をかまえた。

頭上を舞っているのは、あと三頭だけだ。

副官は慎重に狙いをさだめると、三度たてつづけに発砲。それが床に落ちたところに駆けより、踏みつぶす。工兵にとりついていた蝶は、ゆっくりと羽ばたき、コンソールの下にもぐりこんだ。しかし、それを追った技術者に、すぐ踏み殺される。

ホッジ提督はこうべをめぐらせ、工兵を見つめた。まだ生きているが、もう手のほどこしようがない。銃をブラスターに切り替え、おちついて発射ボタンを押しこむ。エネルギー・ビームがのたうちまわる男の頭部に命中した。

次の瞬間、悲鳴がやむ。

「射撃中止！」

発射音がしだいにやみ、全員がおちつきをとりもどした。のこった蝶はわずかである。

「パラライザーを使え！」と、提督は、「そこと、そこ……頭の上だ、マイヤー！　すぐ前にいるぞ、デール！」

ホッジ自身も一頭を殺し、のこりは工兵がかたづけた。これで悪夢が終わる。損害は死者三名、意識不明が七名、重体が三名だった。ディミアンが主ハッチを開き、たてつづけに指示を出した。生存本能にしたがって行動しているようである。

司令室に各種ロボット部隊がやってきて、あたりはふたたび喧噪につつまれる。ホッジはそれを嫌悪をこめて見つめながら、

「ディミアン！」

「は、サー？」

「スタートする。次の目標に向かうのだ。それと、通信センターに命じて、カサルと連絡をとり、もし報告をおこたれば、即決裁判の対象とすると伝えろ。もうひとつ。司令室の秩序回復は、きみにまかせるぞ。わかったか？」

「まかせてください、サー！」

エンクヘル・ホッジは銃をホルスターにおさめると、きびしい表情で司令室を出た。

カサルの沈黙がなにを意味するか、明らかにしなければならない。疎開に適した惑星を発見しながら、あえて報告してこないのか？　あの青二才、老練な提督をあざむけるとでも思っているのか？

思わず苦笑する。もちろん、あざむけるはずがない。

二時間後、艦隊は惑星をはなれ、次の目標に向かった。クラスターの惑星では、それほど時間をとられないはずだ。すでに予備調査は終えている。

＊

人影は大股で藪を跳びこえ、苔の上に着地すると、膝をついた。薄い鞄のなかで、工具がかすかな音をたてる。おだやかな夜で、虫の音が聞こえ、花の香りが漂ってきた。

頭上には、ちいさな衛星が見える。

投光器があるから、《パワー・オブ・リーズン》の下極エアロック周辺は明るい。歩哨が数名、グライダーや調査機器を載せたプラットフォームのまわりを、ゆっくりと巡回している。その姿が見えなくなると、影はまた動きだし、暗がりをたどってプラットフォームの下にもぐりこんだ。

しばらくすると、また足音が近づいてくる。

さっきの歩哨だ。ゆっくりと、無警戒に、落ち葉と湿った苔の上を歩いてくると、すぐ近くを通りすぎた。相いかわらず、侵入者には気づいていない。

また移動を開始。

グライダーのあいだに跳びこむと、まっすぐ目標に向かう。涙滴型の大きなグライダーだ。ハッチと車体を手ぎわよく調べた。保安装置はセットされていない。予想どおりである。アフィリカーには、危機管理意識というものがないのだ。想像力の欠如は、この病気の顕著な特徴だった。カサルのような傑出した知性の持ち主でも同じで、必要な警戒処置をまったく講じていない。

ハッチを開けて、コクピットにもぐりこむと、また周囲のようすを確認。歩哨二名が見えるが、どちらも五十メートル以上はなれている。小型ライトをとりだして、簡易回路を解除し、ポジトロニクスのカバーをとりはずした。ライトの光芒が回路をたどり、やがてケーブルを切断するにぶい音が響く。ぜんぶで五カ所、いずれも目だたない接続部だ。技術部から盗んできた工具が、役にたった。

さらに一モジュールを交換してから、カバーを閉じ、すべてをもとどおりにする。外に目をやり、思わず呼吸をとめた。

歩哨がまた近づいてきたのだ。

シートのあいだにからだを押しこみ、息をひそめる。全身から冷や汗が噴きだした。歩哨の声が聞こえてくる。どうでもいい言葉をかわしていた。それが遠ざかるのを待ち、さらに数分、そのまま動かない。

やがて、にやりと笑い、ポケットから細長いパッケージをとりだす。こんどはエネルギー供給ユニットのパネルを開いて、そこに接続。

すべてが終わると、影はコクピットから忍びでた。ハッチの施錠を確認すると、きたときと同じ方法で、《パワー・オブ・リーズン》の下極ハッチにもどっていく。

＊

サイワン・ペルトは斜路の前に立った。

ふだんどおりの足どりで、登りはじめる。上級生物学者のコンビネーションを着用し、警備ロボット部隊といっしょにいる歩哨二名に近づいた。

右側の歩哨が声をかける。

「ＩＤをどうぞ。ずいぶん早く終わりましたね、サー？」

ペルトの印象は、ふだんとまったく違った。服装は正規のものだし、態度も高圧的にしているから、変装を見破られるおそれはない。冷たい視線を投げて、短く応じる。

「自分の機器を調整してきただけだ。それとも、カサル準提督が間違ったデータをわたしたとでもいうのか？」

「冷静に願います。認識ナンバーは？」

ペルトはコンビネーションについている番号を告げた。歩哨はそれを小型ポジトロニクスの端末に参照し、反重力シャフトをさししめして、

「どうぞ、サー」

ペルトは歩きだした。緊張で汗ばんでいる。盗んだコンビネーションにつっこんだ、手袋と工具が、焼けるように熱く感じられた。だが、艦を出るさいも同じＩＤを使っている。いまの歩哨の照会で、ポジトロニクスの記録は矛盾がなくなるはず。つまり、ペルトは外に出てはいないということ。万一、追跡調査があっても、シュプールをたどられることはない。

汗だくになって、居住区デッキにたどりついた。洗面所によって、手袋をコンヴァーターに投げこみ、コンビネーションとブーツを脱ぐと、工具を作業ロボットのロッカーに押しこむ。〝監獄〟の監視係は、着陸したあと姿を見せなくなった……理由はわからないが。だが、おかげですぐ部屋にはいれる。

疲れきっていた。自分には、冷酷さというものが欠けていると、あらためて認識する。だが、そういう男なのだ。

＊

トレヴォル・カサルは指を女のうなじから、肩に移動させた。そこでしばらくためらい、こんどはゆっくりと背中をたどる。女は上体をそらした。

準提督は指をはなし、苦笑する。

結論を急いでも、意味がない……そうわかっているのだ。判断するためには、できるだけデータを集めなければならない。もともと、最善の解決をはかるためには、良心の呵責《かしゃく》を感じない人間なのだ。で、最善の解決とは、純粋理性ともっとも適合するものである。ともあれ……まだ決断できないのはたしかだ。そこで、気分転換にやってきたわけである。

艦内時間は真夜中だった。兵站《へいたん》部の主任をつとめる女は、カサルにからだをあずけて、耳もとに口をよせ、

「あなた、すてきだわ、トレヴォル」

「成熟したご婦人といっしょなら、いい夜になるだろうな」準提督はそう答えながら、免疫保持者のことを考える。ふたりは、自由に行動させていた。報告は送ってきている

し、裏切りは考えられない。報告にあったデューケスも、障害にはならないだろう。原住種族は〝巨大な金属の球〟を恐れているにちがいない。

あの白髪の提督は、どうでもいい惑星プシオンで、なにをしているのだろうか……？

「まだ時間はあるの？」と、女がささやいた。カサルは相手の髪をかきあげ、

「夜のあいだは非番だ、セイナ」と、ささやき返す。

兵站部主任は〝愛の即物的側面〟では、完璧といえた。だが、思いはいま、そこにない。どう行動すればいいのか、その方策が見つからないのである。惑星シグナルに長くとどまれば、それだけ突発的事態が生じる可能性が増す。なんといっても、大型艦十四隻が降りているのだから。勤務ダイヤグラムを改竄して、通信センターの機能を麻痺させることもできるが、それでは墓穴を掘る結果になる。《ビューティー・オブ・ロジック》との連絡がとだえたら、老提督はそれこそ容赦しないはずだ……

ゴングが響き、セイナがからだをぴくりとさせた。

「あなたのキャビンだったわね。新しい報告かしら？」

「たぶんな」

意識を集中させ、立ちあがってインターカムに近づく。緊急事態の場合は、非番でも連絡するように命じてあるのだ。視覚回路は遮断して、音声のみの応答を選択し、スイッチを押しこんだ。

「わたしだ！」

当直将校の上半身がうつしだされる。男は緊張し、うわずった声で、

「サー、ホッジ提督から緊急メッセージです。読みあげますか？」

「もちろんだ。たのむ」準提督はいらだちをあらわに、「どういうことだ？」

将校は躊躇《ちゅうちょ》していた。あきらかに、カサルが通信内容を知ったらどう反応するか、予期している。その結果を恐れているとすれば……内容はおのずと明らかだ。老提督は懲罰をちらつかせているにちがいない。

「内容は気にしなくていい」と、声をかける。「テキストを読みあげてくれ」

「わかりました、サー……《ビューティー・オブ・ロジック》のエンクヘル・ホッジ提督より《パワー・オブ・リーズン》のトレヴォル・カサル準提督。すみやかに現状を報告せよ！　任務の達成状況は問わない。成功か、不成功かも。

こちらは惑星プシオンをスタートし、オブジェクト3に向かう。当該ポジションに、ただちに報告してもらいたい。万一、遅延があれば、明確な服務規程にもとづいて、貴官を叛乱罪で告発し、即決裁判をもとめるものである」

将校は顔をあげて、

「これで全文です。署名および暗号コードも適正でした」

カサルは将校がテキストを読みあげるあいだに、どう対応するか決めていた。

「ただちに応答の用意を。当該ポジション・データ、暗号化、署名その他はまかせる。文面は以下のとおりだ……

第二部隊はリアリティの惑星シグナルに着陸し、調査をつづけている。シグナルは良好な酸素惑星で、疎開に適していると思われる。ただし、調査ははじまったばかりで、まだ決定的報告の準備はととのっていない。惑星には無害な原住種族がおり、コンタクトは成功した。以後、ルーチンワークを変更する必要があれば、それについて詳細な指示をもとめる。以上」

いよいよ時間がなくなった。迅速に行動しなければ。

「以上だ。もうじゃましないでくれ」

「わかりました、サー」

スクリーンが暗くなった。ゆっくりとベッドにもどる。壁にもたれて、シャンパンのボトルに手を伸ばし、グラスふたつを満たした。

セイナが起きあがって、その膝にもたれかかる。

「ホッジ提督だけど、神経質になっているみたいね」

「そのとおり」準提督はそういって、グラスを手わたし、「そもそも、提督はわたしをやっかいばらいするため、ここに派遣したのだが……いずれにしても、シグナルは疎開に適している。それについて、問題が起きるとは思えない」

「きっと、あと数日ではっきりするわ、トレヴォル」

「たぶん、そうだな」

感情や情緒から隔離された状態……人類の発展段階で、はじめて達成されたこの状態が、危機に瀕していた。ホッジにシグナルの詳細を知られてはならない。テラ人類は現状を維持しなければならないのだ。おそらく、トレヴォル・カサル自身の対応ひとつで、以後の人類の運命が決まるだろう。

まさか、人類史に自身が関与することになるとは。これまでは、おのれのキャリアだけを考えればよかったのだが……

しばらくして、思いつきでいってみた。

「あす、わたしといっしょに、グライダーで出かけないか？　もっとも……正確には、きょうになるが。極地のジャングルを見てみたい。魅力的な地域だ」

「なんですって？」女は眠っていたようだ。

準提督はもう一度、くりかえした。

「いいわね。連れていって。でも、その前に、欠勤を許可してもらわないと。四時間後に当直がはじまるの」

「わたしはこの部隊の指揮官だぞ」と、カサルは、「とにかく、見ればわかる。ここはいい惑星なんだ」

＊

艦内時間の正十時、ヘイリン・クラット少佐はグライダーに向かって敬礼した。

「連絡をたやさないようにします、準提督。ですが、病人が惑星住人とくだらない会話をかわしているあいだは、どうもおちつきません。トランツ大佐も同じ考えです」

カサルは時計に目をやり、

「日没までにはもどる、クラット。ペルトとポインターは、自由に行動させるのだ。なんといっても、病人だからな。われわれとは反応が違う。任務の達成感を重視するのだな……その点については、理解できるが」

「わかりました、サー！」

少佐はグライダーがスタートし、北に向かうのを見送った。カサルを無条件で支持するのは、もちろん自分にもチャンスがあるからだ。だが、それ以上に、自分がカサルを尊敬しているのは、はっきりわかっている……これはある意味で、危険きわまりない感情なのだが。ともあれ、上司の身を案じるあまり、あのグライダーに細工をしたのはたしかだ。小型発信機をかくしておいたのだ。これが準提督の役にたつかもしれない。

グライダーが見えなくなる。これからの行動は、すでに考えてあった。文字どおり、熟慮したのだ。

なにを置いても、あの病人たちをなんとかしなければ。ペルトとポインターは、きょうも小型グライダーで小人の居住地に出かけ、そこで妄想にふけっているはずだ……そう考えると、思わず身震いし、エアロックにもどる。

斜路の前で立ちどまり、出発する調査チームを見送った。無数の計測と分析・評価……すべては無意味だ。人類がこの惑星に疎開することは、決してないのだから！

トレヴォル・カサルはかならず、そうするはずだった……万難を排して！

5

小人のようなシグナルの住人には、純粋理性の輝きが見られない。かれらは果物やキノコを採取する生活をつづけているのだ。豊かな自然が、必要なものをすべてあたえ、日用品は非合理的手工業でまかなわれる。その社会には、ノルマというものがまったくない。さらに、病気の家畜を食用にしている兆候もあった。テラのアカシカに似た動物は、定期的に一カ所に集まり、集団死をとげる。住人はその死体を食用に、毛皮を敷物にするようである。集団死は感染力の弱い病原菌のためと思われるが、この風習自体が非常にグロテスクである……

調査報告より

＊

レーラは苦労しながら、小人の家から這いだした。子供のいないカーローとドーネーの家に、招かれていたのだ。外に出ると、背筋を伸ばして、

「驚いたわ。いまとなっては、アフィリカーのところにもどると考えるだけで、がまんできなくなるのよ」

「よくわかる」と、ペルトはうなずいた。カーローが酒壺とグラスを持って、家から出てくるのを見ながら、「でも、なぜそうなったんだろう？」

ペルトはずっと以前から、レーラの性向をよく知っていた。有能なわりに、影響をうけやすいのだ。ペルト自身は肉体的苦痛も、精神的屈辱も、耐えしのぶことができるが、レーラはそうではない……

カーローは酒をグラスに満たし、それをさしだした。

「この家にいたから、そう思うようになったのね！」と、レーラがつづける。

「なぜだろう？」

いいたいことは、なんとなくわかる。だが、ペルトが二十五平方メートルほどの居間に到達するためには、ドアや壁を壊さなくてはならない。

「デューケスの文明は、信じられないほど高度なのよ。カーローたちのことを、完全に誤解していたわ」

ふたりと二体は地面にすわり、できたての発泡ワインを飲みながら、ほかのデューケスを待った。そのあいだに、レーラがこれまでに見聞したことを話し、カーローたちが訂正したり、補足説明したりする。

とりわけ興味深いのは、その住居だった。建設できるのは、年に二回だけ。それも、特定の日でなければならない。建設資材は町のあちこちに分散した、小規模な工場で生産されるが、壁や床の材料が空気に触れてかたまるのは、その二日だけにかぎられているというのだ。

床には絨毯のような苔が敷きつめられているが、これは肥料を調整することで、色や模様を変えられる。壁材の製造には手間がかかるが、デューケスたちは時間ができると工場に行って、作業に従事するという。

家のあいだのコミュニケーション手段もおもしろい。一種の生体ポジトロニクスと、純粋な自然との混合ともいうべきもので、特定の樹木の根を使って、地下にネットワークが構築されているのだそうだ。

ペルトはレーラたちの話が一段落すると、

「すべてが興味深い」と、口をはさんだ。「でも、トランツの件には役にたちそうもないな」

「もっとよく考えないと」と、ドーネーが応じる。「時間を気にしているようね。サイワン？」

「そうなんだ。それについても、きみたちの助けが必要になると思う」

「これを飲み終えたら、生け贄の広場に案内するわ」

惑星住人は自然と完全に融合している。その好例が、食用肉の確保方法だった。デューケスは飢えることがない。

やはり特定の日に、多種多様な野生動物の群れが、生け贄の広場にあらわれるのだ。動物は広場にはいったとたん、心臓発作を起こして死に、その場で解体される……ドーネーはそこで手をあげて、話を中断し、

「デューケスはね、母なる自然と調和していくための、動物の数を知っているのよ」

「すべて理解できるわけじゃないが」と、テラナーは考えながら、「その調和をたもたないと、報いや罰をうけるということかな？」

「いや」と、カーローが口をはさむ。「母なる自然を完全に理解することが、われわれの最終目標なんだ。残念ながら、まだそこまでは到達していないが……それぞれの分野で、到達するようにつとめてはいるんだがね。たとえば、ある果物は青いときに食べると、発熱の原因になるが、赤くなってから食べると逆に熱冷ましになり、完熟した果肉を傷口に塗ると、あとかたもなく治る。でも、その効果を発見するまでには、とても長い時間がかかるわけだ。シグナルには無数の果物があるから」

「なるほど。動物の話にもどってくれないか」

ドーネーが説明をつづけた。

「デューケスが全力で、母なる自然の法則どおりに生きれば、自然も恵みをあたえてく

れる……そういう場合、生け贄の広場で死ぬ動物の数は増えるわ」

まちがいない。自然界そのものが動物相と植物相をコントロールしている。一種の共同体知性といってもいい。

「で、法則どおり生きられなかったら?」

「肉も毛皮もすくなくなるわ。だから、そうならないように、努力しないと。デューケスは炙《あぶ》り肉が好きだし、ほかにもたくさん調理法があるのよ」

全員が笑った。この楽園にふさわしい笑いだ。

「何時かしら?」と、レーラがたずねる。

「艦内時間で九時三十分だ。カサルはまだ出発していない。でも、もうすぐ危険をおかすことになる」

「わかっているわ!」

ペルトは爽快な気分だった。さっきのワインのせいではない。人類の救済を意味するかもしれない、危険な計画を遂行中なのに、それがたいしたものではないように思えてくるのだ。実際、きっとうまくいくだろう。《パワー・オブ・リーズン》の八千名からはじまる〝救済〟は、やがてほかの十三隻の三万人にもひろがるはずだ。

カーローがペルトのグラスに、またワインを半分ほど注いだ。レーラが眉をひそめる。

「それで、母なる自然はどうやって、われわれに薬物をもたらすのだろう? そろそろ話してくれないか？」

「わたしには無理なんだ」と、カーロー。「それを専門にしている仲間が、方法を見つけるはず……それしかいえない。だが、母なる自然は治療効果のある物質を、果物に送りこむはずだ。だから、ただそれを摘みとればいい。そのあと、病気のテラナーにそれを食べさせるわけだ……たぶん、そうなる。ほかに、その〝薬〟を摂取させる方法はないから」

「なるほど。きみがそういうのなら、きっとうまくいくだろう」

ペルトはワインを飲みほすと、グラスを置いた。トランスレーターを手にとって、立ちあがる。新しい友によると、すでに惑星じゅうのデューケスが、ここでなにが進行中か、木の根のネットワークを通じて知っているそうだ。テラナーのあいだに、どういう問題があるのかも。

しかも、種族をあげて協力するという。

「さ、生け贄の広場に案内するわ！」と、ドーネーがいって、立ちあがった。レーラとカーローもそれにつづく。ペルトは胃のあたりが締めつけられるような気がした。もちろん、アルコールのせいではない。

「そのあと、トランツを見つけて連れてくる」と、レーラに、「もし、時間までにもどらなかったら、機器の操作をたのむ」

そういって、てのひら大の発信機をわたした。恋人はそれをうけとると、ペルトの手を握る。デュークス二体はそれを見ると、グライダーに向かって歩きだした。

＊

サイワン・ペルトは一礼した。病人あるいは虜囚としての、卑屈な人格をとりもどして。アフィリカーは自分たちが正常だと思っているから。

「サー」と、目を伏せたまま、報告する。ヴァール・トランツ大佐はあまり興味がなさそうだが。「知ってのとおり、庭の小人は無害です」

副長は考えこんだ。この病人カップルのことは、よく知っている。ここ数日、惑星住人との交渉にあたってきた。もちろん、無意味な活動だ。テラナーにとり、この惑星は重要ではないから。

「よりによって、なぜわたしに話すのだ?」と、たずねる。

ペルトは肩をすくめ、とほうにくれたようすで、

「デュークス数百体が生け贄の広場に集まっています。いわば、この惑星の代表団として。調査隊を指揮するテラナーと、話がしたいといっておりまして。で、あなたはカサル準提督の代行ですから……」

トランツはそれをさえぎり、

「危険はないと、そういったな？」

「テラナーを襲うことはありません。逆らえば、惑星を数日で放射能の塵に変えると、最初に申しわたしてありますから。連中、放射能がなにかは知りませんが、惑星を破壊するという概念は理解しました」

心臓の鼓動が速くなり、てのひらに汗がにじむ。これからの一時間に、すべてがかかっているのだ。自分たちだけでなく、テラの運命も！

はじめて目をあげて、

「そこに小型グライダーを用意してあります。長くはかかりません。もし懸念があるようでしたら、広場を砲撃目標にしてはいかがでしょう？」

「理性的な提案だな！」と、大佐はうなずき、「いいだろう。行ってみよう」

ペルトは自分が手刀で失神させた男のことを思いだした。その男のパラライザーは、ベルトにはさんである。だれかがじゃましようとしても、排除できるはずだ。大佐が先に立つのを待ち、そのあとについていく。

トランツは将校を呼びよせて、目的地を告げ、小声でなにか指示した。将校が走り去ると、先に立って司令室を出る。ペルトは用意した小型グライダーに案内すると、うやうやしくコクピットのハッチを開けた。

「どれくらいかかる？」大佐は自分の大型ブラスターを点検しながらたずねる。

「五分ほどです、サー。デューケスを見ても、笑わないでください。実際のところ、滑稽なのですが。でも、小人ほどプライドが高いものですから」

トランツは行き先を部下に告げている。だから、ことを急がなければならない。グライダーをスタートさせ、目だたないようゆっくり森に向かった。ジャケットの前を開けながら、右をさししめして、

「あの向こうが生け贄の広場です、サー」

大佐がそっちに目をやる。そのすきに、ジャケットに手をつっこんで、銃をつかみ、安全装置を解除した。そのあと、グライダーを急加速させる。

マシンはいっきに森をぬけると、人造湖の岸にそって飛びはじめた。不規則な並木がつづいている。トランツはシートに押しつけられ、うなり声をあげると、

「なにをする！　頭がおかしくなったのか？」

「すいません、サー！」ペルトは大声をはりあげた。「遺憾ながら、手もとが狂いまして」

「ばか者！」と、アフィリカーが悪態をつく。

「どういたしまして、サー！」もう演技は必要ない。いままでより悪くなることはないのだから。グライダーはさらに速度をあげ、やがて時速二百キロメートルに達した。やがて、並木がとだえたところで、大きく左に旋回。大佐は遠心力でシートから投げださ

れそうになり、反射的に銃に手を伸ばす。

ペルトはまたジャケットに手をつっこみ、銃をとると、布ごしに発射した。

ショック・ビームはトランツの胸部に命中。男は茫然と〝病人〟を見つめ、そのままシートにもたれて、目を閉じる。失神したのだ。

ペルトはほっとして、速度を落とし、大きなカーブを描いて、やがて生け贄の広場に到着した。

エンジンを切り、外に跳びだす。すぐに藪のなかからレーラがあらわれた。手をあげて、おや指を上につきだして見せると、ほっとしたようすだ。

それから、トランツの弛緩《しかん》したからだを、ふたりがかりでコクピットからひっぱりだし、半円をつくって待つデューケスのところまで、ひきずっていった。小人の一体が祭壇に使うたいらな石をさししめし、

「この上に載せるんだ、サイワン！」

カーローだ。数人の男たちとともに、大佐の大柄なからだを石の上に置き、うつぶせにする。そのあと、数歩後退する。

「それで、どうする？」と、ペルトがたずねた。

すると、ひときわ小柄な一体が進みでる。かなり高齢のようだ。そのデューケスはグライダーを指さし、

「きみたちは異邦人だ。われわれだけにしてほしい。それに、もうひとつ、かたづけるべき問題があると聞いているが……」

「そのとおりだ。では……」ペルトはそう答えたが、しばらくは指示にしたがわず、小人たちを見守った。なにがはじまるか、好奇心をおさえられなかったのだ。すると、デューケスが次々に石によじのぼり、トレンツをとりかこみはじめた。やがて、大佐の姿が完全に見えなくなる。

カーローがテラナーふたりをうながして、グライダーに向かった。しかたなく、ペルトもレーラといっしょについていく。

「わたしが最適な瞬間を知らせる、友よ！」と、小人がいった。

これが成功すれば、また一歩、救済に近づくのだ……と、おのれにいい聞かせる。だが、自分でも驚くほどおちついていた。時計をにらんで、決定的瞬間を待つ。十四隻の乗員三万八千が、やがて正常にもどるのだ！　それはやがて、ホッジ提督の艦隊全体にひろがるはず……

カーローがボンネットによじのぼって、

「相手はいま、極地のジャングル地帯にいる。もうしばらく待たなければ」と、告げる。

ペルトはうなずいて、レーラから発信機をうけとった。ボタンを押しこんで作動させると、伸縮アンテナをいっぱいまで伸ばす。それから、装置の向きを変えながら、アンテナを微調節すると、やがてゲージがいっぱいに振れた。これで発信機の準備は完了だ。

カーローは手をあげて、

「まだだ……もうすこし……」と、つぶやく。

おそらく、極地に住む同胞がグライダーを見張っていて、ポジションを知らせてくるのだろう……と、テラナーは考えた。とはいえ、小人がどういう連絡手段を使っているかは、見当もつかない。もしかすると、この種族は全員がテレパスなのだろうか？

だが、それ以上、考える時間はなかった。カーローが手を振りおろして、

「いまだ！」と、叫んだのだ。

ペルトは反射的にスイッチを押しこんだ。

＊

インパルスを受信した瞬間、リレー回路が切り替わった。エネルギー・セルの全出力がいっきに解放され、エネルギー供給ユニットに流れこむ。その結果、ユニットは大音響とともに爆発を起こし、操縦システムをずたずたに切り裂いた。

カサルを乗せたグライダーはコントロールを失い、墜落しはじめる。パイロットがすぐに反応して、次々にボタンを押しこみ、救難シグナルを発信した。しかし、機体はほとんど反応しない。計器パネルの下から、グレイの煙が噴きだし、コクピットがひどい

刺激臭につつまれる。

さらに、爆発の影響はエンジン部にもおよび、ペルトが細工したコネクター類も、すべて吹き飛ばされた。

＊

ペルトは発信機のスイッチを切ると、アンテナを収納し、地面に穴を掘って埋めた。

「さて、これからは運を天にまかせるだけだな」と、つぶやいて、額にかかる髪をかきあげる。

「トレヴォル・カサルは生きている。でも、ここにもどってくるまで、すくなくとも二十日はかかるだろう。ひきつづき、同胞が監視をつづける」と、カーローがいった。新しい友が置かれた状況を、正確に理解しているのだ。

とにかく、あとは待つだけである。

母なる自然がつくりだす〝薬〟が、アフィリカーを正気にもどすことを祈りながら。

＊

エネルギー供給ユニットが爆発した瞬間、セイナが悲鳴をあげた。

「着陸しろ！　非常回路を作動させるんだ！」カサルはそうどなり、窓を開けようと試みる。刺激臭をともなう煙が、コクピットに充満しはじめたのだ。さいわい、窓をぜんぶ開けると、その大半は外に排出された。そのかわり、吹きこんでくる風のせいで、ほとんど息もできなくなる。グライダーは墜落しはじめた。

「破壊工作だ！　通信機をためしてみろ！」

準提督はテレカムを持ってきていない。安心しきっていたのだ。副パイロットが命令にしたがったが、やはりコントロール・ランプは点灯しない。それどころか、コンソールからあらたな黒煙が噴きだした。

「だめです、サー！」

パイロットは操縦桿とスイッチを、次々にためしている。その結果、反重力プロジェクターが脱落したにもかかわらず、グライダーは高度三百メートルで安定をとりもどした。原始的な航空機のように、胴体で揚力を得たのだ。とはいえ、飛行をつづけられるわけではない。まもなく、高度は二百三十メートルになった。

「可能なら、湖に向かうんだ！」と、カサルは風に負けないようにどなる。

「もうやっています！　でも、うまくコントロールできません！」

「間違っても、森のなかにはつっこむなよ！」

グライダーはさらに高度を下げていく。こうなっては、操縦系にエネルギーを供給する非常バッテリーだけがたよりだ。わずかな横風にあおられただけで、安定を失ってしまう。それでも、しばらくすると、はるか前方に湖が見えてきた。初期調査で水深が浅いことは確認してある。いまのコースを維持できれば、森をこえたところで着水できそうだ。

「救命パックを確認するんだ！」と、命じ、キャノピーの投棄レバーをひいた。

「ここで死ぬのかしら？」セイナが震えながらささやく。グライダーの墜落を体験するのは、はじめてなのだろう。

「その可能性はあるな。だが、たぶん回避できる！」

アフィリカーはこういう状況になると、かえって原始的な生存本能が強まるのだ。

パイロットもその本能にしたがい、機体をなんとか安定させようとしていた。機器を操作するさまは、むしろおちつきはらっているように見える。

「注意しろ！　あと十秒ほどだ！」トレヴォルはそうどなると、自動救難システムを作動させた。エアバッグが音をたてて展開し、ハーネスが締まる。グライダーは木の枝をかすめて、はげしくローリングした。それでも、パイロットの驚異的なテクニックで、なんとか安定をとりもどすと、湖に降下する。数秒後、尾部が水面に触れた。

次の瞬間、ものすごい震動とともに尾部の部品が飛び散り、巨大な水柱が生じる。グライダーはその反動で前のめりになり、機首から水面につっこんだ。外被の一部が衝撃で分離し、ものすごい勢いで回転しながら飛んでいく。

グライダー自体も、水面をはねていく石そのものだった。水面に接して、十メートルほどバウンドし、五十メートルほど進むあいだに減速して、また水面と衝突する。衝突のたびに、機体にいやな音が響くが、それでもグライダーはかろうじてコースを維持し、岸に向かった。

最後にほとんどコクピットだけになった残骸は、砂地につっこんで停止。そのさい、朽ちた巨木に衝突して、コクピットそのものも粉砕されてしまう。

それでも、自動救難システムは完璧に動作した。やがて、エアバッグが半透明ガスを放出してしぼみ、ハーネスが自動的に解除される。遭難者に果実、枯れ枝、木の葉が降りかかった。

そのあと、静寂が訪れる。

三十秒後、セイナのうめき声が聞こえた。生きのこったようだ。カサルも声を発する。怒りをこめた、きびしい口調で、

「いくらホッジ提督でも、これはやりすぎだ。明らかに殺人行為じゃないか！」

おのれの声を聞いて、はじめて生きのこったと実感した。ゆっくり立ちあがる。しばらくは茫然としていたが、やがて、自分たちの置かれた状況を正確に認識できるようになった。

墜落地点は永遠の昼が支配する極地帯だ。《パワー・オブ・リーズン》からは、四千

五百キロメートルもはなれている……

＊

ヴァール・トランツ大佐は目をさました。

起きあがる前から、なにかが変化したのがわかる。長く深い悪夢から、目ざめたような気分だ。おのれの信条からして、とてもうけいれられないような悪夢から……あるいは、べつの現実世界にはいりこんだのか？　それがどういう世界かは、予想もできなかったが。とにかく、すべてが変化したのはたしかだ。

目を開けた。グリーンの葉、色彩豊かな花が揺れて、光があふれている。そこで、どうやってここにきたか、やっと思いだした。グライダーだ。病人にパラライザーで撃たれ……病人！　違う。自分自身が病人だったのである。これで、なんとなく経緯がのみこめたような気がする……

すぐかたわらで、声が響いた。

「トランツ大佐。わたしです。レーラ・ポインターです」

頭をあげ、上体を起こす。大きな空き地のすみにある、たいらな石の上に寝かされていた。すぐ前に、サイワン・ペルトがいる。若い女といっしょだ。そこで、自分の膝の横に、よく熟れた深紅のブドウが置いてあるのに気づいた。そういえば、口のなかに、なじみのない味がのこっている。

「なにが起きたんだ？」と、たずねながら、銃を探った。ただの反射的行動だ。だが、銃はペルトが持っていた。

「安全処置でして。本当に効果があるかどうか、わからなかったもので」

「なにかが作用したのだな……なにかはわからないが」声の調子まで変わっている。どうやら、〝病人〟のほうが正常だったようだ。ふたりとも、心配そうに大佐を観察していた。

「この惑星の自然があなたの病気を調べ、治療薬をつくりだしたのです。われわれには想像もできない方法で」

レーラはそういうと、ブドウの房をさししめす。

「治った？　どういう病気だったんだ？　たしかに、長いあいだ、混乱した醜悪な夢をみていたのはわかるが……」

「あなたはアフィリカーでした。ほかのテラナーの大半と同様、愛という言葉で表現される情熱や感情が、完全に欠如していました」

「現実だったのか！　夢ではなく……！」

「そのとおり、現実でした」

トランツはまたいくらか事情を理解した。記憶が断片的によみがえるので、それをつなぎあわせるのに苦労する。はてしない闇がつづいたあと、魂の深淵から、熱い、燃えるような感情が浮かびあがってくるような……次の瞬間、感情に圧倒された。両手をあげて、てのひらを茫然と見つめる。それから、手で顔をおおい、動かなくなった。

レーラが声をかけようとして、思いとどまったのがわかる。自分でも驚いたことに、いきなり涙があふれだしたのだ。嗚咽《おえつ》をおしころし、しばらくして自制をとりもどしてから、手をおろした。

「なんたることだ！　いま、ようやくわかった。テラのこと、病人、免疫保持者……論理と理性の明晰な光のことも、すべて！」

あらためて、ふたりを見つめ、

「きみらは免疫保持者だな？　いまはわたしもそうだ！」

記憶が急激にもどってきた。今回の任務の意味や、ホッジとカサルの対立関係を思いだす。アフィリー化した乗員三万八千のことも。

「だが、三対三万八千か……」

「われわれには、デュークス数百万もついています。この惑星の住人です。援助を約束してくれまして。これからも、きっとたよりになるでしょう。それに、あなたはカサルの代行ですから、準提督が不在のあいだは、指揮権があるはずです！」

アフィリーの犠牲になった人々に、同情をおぼえる。またいくらか、事情が理解できたようだ。アフィリカーは〝救われ〟なければならない。

「カサルは自分のグライダーで出かけた。夕方にはもどるだろう。つまり、チャンスはきわめてすくないということ」

ペルトは手を振って、

「グライダーは墜落しました。カサルは生きていますが、もどるには最低でも数週間かかります。四千キロメートル以上を踏破しなければならないので……」

大佐ははっとした。周囲に異生物がつめかけているのに気づいたのだ。テラナーそっくりの小人である。

百体はいるだろう。なかば薮にかくれたり、木の枝や切り株にすわり、たいらな石をとりかこんで、大きな赤い目でじっとこちらを見つめていた。だが、話し声はいっさい聞こえない。

「わかった。それなら状況は変わるな。どうやら、なにか計画があるようだが、ペルト？」と、意を決してたずねる。

考えるのはあとだ。おのれの奇蹟的変化については、あとでゆっくり考えればいい。いまは可及的すみやかに行動しなければならなかった。

「じつは、かんたんなのです」ペルトはそういいながら、トランツに銃を返して、「ロボット部隊を出動させて、ブドウの房を採集させてください。ブドウ自体はいたるところにあります。一方、乗員には、このブドウがシグナルで生存するために重要な、微量元素をふくんでいると、周知させるのです。効果はあなた自身が確認したとおりです。で、収穫したブドウを艦内食堂で出し、全員に食べさせるのです。できますか？　兵站的にはどうです？」

「できると思う。すこし考えさせてくれ……」

三人は細部を打ちあわせ、三十分後、グライダーで《パワー・オブ・リーズン》にもどった。大佐はなにごともなかったように、司令官の代行として執務にあたる……そこで、アフィリカーだったころの苦々しい記憶が、またよみがえることになったが。

その一方、ペルトの計画を実現させるべく、ロボット収穫部隊を編成するなど、着々と準備を進めた。

日没前、ブドウを収穫したロボット部隊がもどってくる。予想をはるかにうわまわる量だ。果物は自動補給システムに乗って、艦内の全食堂に配給されていった。

将校たちは全員、それに異議を唱えない。それで安心し、あらためて麾下の十三隻の艦長にも、ブドウ収穫の命令を送った。

成果は古典的核分裂プロセスのようにひろがっていく。その夜のあいだに、すくなくとも三千名が免疫保持者となった。

だが、この時点でヘイリン・クラットが疑念を抱きはじめていた。

汝は知らなければならない、サイワン・ペルト。この惑星の事象は、すべて長い時間をかけて、培われてきたものだ。その根本原理は、降水量やキノコの味で表現できるものではない。

6

また、デューケスは母なる自然を崇拝しているわけではない。惑星進化のプロセスで、豊かな自然が持つ知性を、尊敬するようになっただけだ。自然は無限の情報を持ち、それを惑星全体から個々の生物にいたるまで、自由に適用できる。つまり、惑星そのものがひとつの共同体知性なのだ。自然はデューケスにアドヴァイスをあたえ、デューケスは自然に協力する……とりわけ、われわれが学ぶべきことが多い。

もっとも、どうやって意思疎通しているかは、われわれにもわからないのだが。

*

ヴァール・トランツ大佐はその日の夕方、混乱をコントロールする必要があると判断した。どれほどの乗員がブドウを食べ〝変化〟したのか、特定はできない。しかし、艦内のあちこちで、新しいグループが形成されているのはたしかだ。男たちは秘密の友情を築き、女たちは子供のことを考えた。両親のことを思いだす者もいるだろう……もっとも、たいていは漠然と、両親がいたはずだと考える程度だったが。また、情熱を思いだして、あちこちで恋が芽生えたらしい。人々は服務規定や任務を忘れるほど、新しい認識に熱狂していた。もちろん、それに比例して、アフィリカー的認識をプログラミングされたロボットは、次々とスイッチを切られ、脱落していく。

免疫保持者が多数を占めるようになると、混乱はさらに混迷を増した。

まだアフィリーの呪縛から逃れられない者に対しては、無理やり果物があたえられる。とはいえ、混乱が戦闘に発展することはない。新しい免疫保持者は、まず外部との接触を絶つようにしたから。司令官代行が発表した〝微量元素〟が、どういう効果をもたらすか、検査できる者はいなかった。

＊

ヘイリン・クラット少佐はその日の夕方、奇妙なものを目撃した。

トランツ大佐が規則違反をおかした部下を、ただ注意しただけで放免したのだ。最初はただ奇妙だと思っただけだったが、しだいに不安にかられ、大佐を監視することに決める。その結果、重大な事実に気づいたのである。大佐はたしかに、模範的にふるまっていたが、それでも何度か、異様に感情的になるのだ。少佐はなお数時間、観察をつづけ、明確な結論に達した。

論理的に連想していけばわかる。ふたりの病人、デュークスの援助、アフィリカーの感染……さらに、カサルは予定の時間をすぎても、帰還しない。おそらく、トランツは病人の手先になって、艦隊に〝病気〟をひろめるつもりだろう。もし、それを阻止できなければ、調査艦隊における〝理性の光〟の支配力は衰えてしまう……

クラットはすぐ行動に出た。

まず、自分も病気に感染したようにふるまおうと試みる。だが、これはうまくいかない。論理的思考を捨てられず、病人とうまくやっていけないのだ。つまり、みずからを裏切ることが、できなかったのである。

そこで、べつの方法を考えついた。探知センターにおもむいて、予備の機器を操作する。案の定、二十分たらずでかすかなシグナルをキャッチした。スタート前、準提督のグライダーにかくしておいた、発信機のものである。つづいて、艦載ポジトロニクスから惑星の地図を呼びだし、シグナルの発信源を特定した。そこにトレヴォル・カサルがいるはずだ。

「どうやら、トランツたち、準提督が帰還できないように工作したらしい」と、つぶやき、すぐ備品庫に向かった。そこでロボット一体を作動させ、食糧を用意する。

そのあと、ロボットを連れて艦を出ると、駐機場に向かった。ここも病人が制圧したとわかる。グライダーに近づいても、だれも声をかけてこないのが、その証拠だ。ふだんなら、警備兵が許可証の提示をもとめるはずである。

なんなく小型グライダーを手に入れると、機材と食糧を積みこみ、ついでに病人が放棄した武器類も回収してコクピットにほうりこむ。準備がととのうと、北をめざしてスタートした。

「ここからは時間との戦いだ！」と、小声でつぶやき、オートパイロットにデータを入力すると、あらためて地図を検討しはじめる。

アフィリカーはたいへんな危機におちいっていた。いまや、自分が最重要人物となったのだ！

カサルがまだ生きていれば、協力してふたたび〝理性の光〟をとりもどすことができるはずである。グライダーは高度一万メートルに達すると、音速で北に向かった。

＊

レーラは不安にかられていった。

「もっと急がないと、大佐！　一隻も救えないわ。せめて、ほかの艦がどうなっているか、わかればいいのだけれど……」

ヴァール・トランツは顔をしかめ、うなずく。それはわかっているが、いまは待つしかないのだ。すくなくとも、あと四時間ほど。

「わかっているよ」と、相手をなだめようと、「もっと迅速に行動したいが、あいにくまだ就寝時間だからな」

ペルトがしずかに、

「すくなくとも、この艦内でもっと免疫保持者を増やしましょう。なんといっても、旗艦なのですから」

もちろん、この《パワー・オブ・リーズン》がすべての中心である。あとの十三隻は副次的役割しかはたさない。もっとも、この状況も、早急に変えていかなければならないが。トランツは〝友〟ふたりを自分のキャビンに呼んでいた。ここが三人の〝指揮中枢〟になる。

「アフィリカーはすべてを論理と理性に照らして、行動をひかえるもの」と、大佐はしばらく考えてから、「だから、死の恐怖に強く訴えなければならないだろう」

「それなら、うまくいくかもしれません」

ペルトもレーラと同じく、すべてが時間との競争になるとわかっていた。一方、トランツはホッジ提督がいずれリアリティ星系にやってくると考えている。シグナルほど疎開の要件を満たす惑星は、統計学的に考えても、ほとんどないはずだから。

「三時間十分後を第一段階の終了としよう！」と、大佐がクロノメーターを見ながらいった。「その段階で、全部隊に命令を送る。われわれ、命がけの作戦を開始するわけだ、友よ。ホッジやカサルをはじめ、だれにもじゃまされないよう、祈ってくれ！」

レーラが両手をあげる。指先が震えていた。

「森に逃げこむのが、最良の方法じゃないかしら？」

「不安はわかる。きみらがことをはじめたのだからな。ホッジやカサルの介入を許したら、当然きみらは追われることになる！」

「わかっています！」と、ペルトがうなる。

もしそうなったら、アフィリカーは自分たちの〝進化段階〟を守るため、最後の免疫保持者が見つかるまで、この惑星を徹底的に捜索するだろう。その場合、デュークスにどういう運命が襲いかかるか……そう考えると、ぞっとする。ペルトは小人種族と強く結びついていた。かれらがアフィリカーに対抗する手段を持っているからではなく、あくまで友として。

「いま、なにかできることは？」と、レーラがたずねる。トランツは肩をすくめ、

「なにも。部屋にもどって眠るのが、いちばんいいだろう。わたしはここで、最善の策を探りつづける」

「部屋にもどっても、眠れないでしょう」と、ペルトはほほえみながらいったが、そのあと、自分の士気を鼓舞するようにつけくわえた。「むしろ、眠らないほうがいいかもしれません。では、三時間後に、友よ!」

「では!」

大佐は大きく息を吸いこんで、アフィリカーの行動パターンを思いだす。それから、警備兵二名を呼んで、

「病人を監房にもどすのだ。このふたりは三時間後……夜明けとともに、また艦をはなれる。あらたに惑星住人とコンタクトをはかるのだ。ところで……微量元素はもう摂取したか?」

「いえ、サー!」一方が応じる。「食堂には、もうブドウがありませんでしたので」

トランツはかぶりを振って、

「《ストレート・ソート》の地質学チームのように、物質欠乏症で三日以内に死んだとしても、それはあくまで自己責任だからな。行ってよろしい!」

警備兵は明らかに動揺したが、アフィリカーらしくそれを無視して、ペルトたちをキャビンに連行した。

＊

その三時間後、《パワー・オブ・リーズン》艦内で警告音が鳴りひびいた。警報ではなく、重要事項の通達を意味する音だ。同時に、艦内コミュニケーション装置のスクリーンが明るくなる。スピーカーもそうだが、すべてが司令室からコントロールされていた。ほかの十三隻でも同様である。つまり、全体指令ということ。

やがて、あらゆるスクリーンに、部隊旗艦の司令室がうつしだされた。

トランツが深刻な表情で話しはじめる。

「わたしはヴァール・トランツ大佐。トレヴォル・カサル司令官の代行である。準提督は視察飛行中、行方不明になった。現在、捜索をつづけているが、発見されるまではわたしが指揮権をひきついでいる。ついては、艦隊服務規定にもとづき、部隊の全員に命令を伝えたい。

先ほど、地質学チームの男女数名が死亡した。かけがえのない科学者たちだ。かれらは先の通達を聞きのがし、微量元素を摂取しなかったのだ。もし摂取していれば、死ななかったはずなのに。

同じような悲惨な事故が二度と起こらないよう、あらためて命令する。これは通達ではなく、命令だ。まだ微量元素をふくむブドウを食べていない者は、すみやかに入手・摂取すること。過剰に摂取する必要はない。ひと房で三週間は効果が持続するようだ。また、摂取しすぎたぶんは、二十四時間以内に、体外に排出される。

くりかえす。ただちにもよりの艦内食堂におもむき、ブドウをひと房だけ食べるのだ。在庫がない場合は、ほかの食堂に行ってもらいたい。また、各艦の兵站セクションは、ストックにたえず注意して、ブドウが潤沢に供給されるよう、つねに留意せよ。

くりかえす。これは艦隊全員の命に関わる問題である！

この命令は旗艦だけでなく、全部隊に適用される。四十八時間たっても命令が履行されていない場合は、将校全員を即決裁判の対象とする。以上だ！」

最後に敬礼して、通信を終えた。

＊

ペルトはスクリーンからレーラに視線をうつした。三時間後には、またデューケスのもとにもどれるだろう。

「きっとうまくいくよ！」と、恋人をはげます。

「わかっているわ。でも、心配だわ」レーラは本当に不安そうだ。ペルトはその肩を抱いて、

「わたしもだよ。艦隊の全員が〝覚醒〟しないかぎり、危険は解消しないから。だからこそ、全員を助けなければ」

大佐の命令が無視されるとは思えない。ブドウが一時的に不足する可能性はあるが、

部隊の周囲には、充分なブドウが自生していた。それこそ、十四隻の全員にいきわたるだけの。

「前もって、カーローとよく話しておいたほうがいい」と、つづける。理性では、この計画が成功するとわかっているが、それでも不安にかられるのだ。それに、不安のため、ずっと眠っていない。ふたりとも、まもなく体力の限界に達するだろう。

＊

男たちは藪をぬける道をつくり、空き地を切り開いた。手持ちの道具は、非常装備の手斧、シャベル、ザイルしかないから、これだけでも重労働である。セイナは男たちがつくった空き地に、食糧をはじめとする非常装備を運びいれた。

そのあと、全員で空き地の中央に、伐採した木の枝や丸太を積みあげる。トレヴォル・カサルは打撲した肩の痛みを無視して、ブラスターをぬくと、

「注意しろ！」と、どなった。「風下からはなれるんだ！」

十数メートルの距離から、数カ所に積みあげた薪の山に向かって、くりかえし発砲する。丸太の隙間には、落ち葉や小枝をつめてあるので、まもなく煙があがりはじめ、やがて火がついた。

木の根もとには、獲物が横たわっている。テラのノロジカに似た動物で、すでになか

ば解体してあった。炎はしだいに大きくなり、若葉や濡れた枝がくすぶって、ダークグリーンの煙がたちのぼる。

カサルも、同行した八名も、全身が擦過傷や瘤《こぶ》、虫刺されのあとだらけだった。グライダーの墜落以来、どういう目にあったか、それでわかる。

「これでいい！」と、准提督はいった。風が吹いてきて、濃い煙を吹き飛ばす。「捜索隊が発見しやすくなるぞ」

気がついたときは、藪のなかにいた。さいわい、ひどい怪我はなく、墜落の衝撃で失神しただけのようだ。そのあとは本能にしたがって、生きのこるために動きまわった。

〝事故〟の原因は考えるまでもない。なにごとも、論理的理由がある。つまり、何者かが自分を、《パワー・オブ・リーズン》から力ずくで遠ざけたのである。では、何者だろうか？　当然、ホッジ提督だと考えれば、すべてつじつまがあう……

カサルは部下を激励した。

「あとは待つだけでいい。二十四時間たっても、救援部隊があらわれなかったら、自力で局面を打開することにする。非常用の凝集口糧と飲料はたっぷりあるから」

男たちが集まってきた。パイロットは墜落が自分のせいではないといわれ、ほっとしたようすだ。パイロットだけでなく、ここにいる全員に破壊工作の責任がないことは、最初からわかっている。メンバーに、逃避派はひとりもふくまれていないから。

セイナが食事の準備を終え、男たちは火をかこんだ。

＊

五時間四十分後、ヘイリン・クラットは目をさました。グライダーはオートパイロットで飛行していたが、強い上昇気流につかまって振動したようだ。時計を見ると、二時間ほど仮眠をとったとわかる。オートパイロットが反応して、プログラミングしたコースにもどったが、もう眠る気はない。外を見ると、すでに高緯度の薄明地帯に達している。シートにすわりなおし、換気口を開くと、冷たい気流が流れこんできて、眠気が吹きとんだ。

意識がはっきりしたので、現在位置の計算にかかる。その結果、目標地点までは二百キロメートルたらずで、まもなく到着するとわかった。シグナルの発信源は特定ずみだし、発信機はいまも機能している。最新の計算結果をポジトロニクスに入力すると、あとはすることがない。

「コースは正しかったな」

発信機は動いているものの、乗員が生きているかどうかはわからない。気がつくと、昼夜境界線をこえたらしい。地上が明るくなって、細部まで観察できる。湖、川、卵型の島、広大な森林が、次々に通りすぎていった。

その景色を注意深く追いつづける。しだいに不安がつのってきた。もし準提督たちを救出できなければ、アフィリカーは危機を迎え、それはテラにまで波及するだろう。乗員にブドウを食べさせるのは容易だ。もし拒否すれば、射殺されるにちがいない……そう考えると、死の恐怖をおぼえたが、必死にそれを振りはらい、目の前の任務に意識を集中した。

どこかで森が燃えている……それとも、霧だろうか？　樹冠のすぐ上に、白煙がたなびいていた。

オートパイロットがわずかにコースを変え、そっちに機首を向ける。次の瞬間、煙の正体がわかった。

「ありえない！」と、興奮して声をあげる。「ここは湿地帯だ！」

つまり、山火事などの自然発火ではない。少佐はテレカムを作動させ、上官を呼んだ。だが、応答はない。二十回ほど試みたあと、あきらめる。おそらく、グライダーが大破して、通信システムも破壊されたのだろう。

オートパイロットを解除して、速度をあげ、まっすぐ白煙に向かった。

あれは狼煙《のろし》にちがいない！

煙は大きな湖の南にある、丘陵地帯からたちのぼっていた。カサルはあのあたりに墜落したのだろう。近づけば、残骸が見えるはずだ。クラットはグライダーを急降下させ、低空飛行にうつった。

速度を落としながら湖をこえ、数分すると、大破したグライダーが見えてくる。その上空に達すると、旋回をくりかえし、人がいないのを確認したあと、煙がたちのぼる空き地に向かった。

こんどは上空で静止して、広場を観察する。

やがて、木の根もとに寝転がる男女が目にとびこんできた。カサルと若い女のほか、随行した七名全員がいる。いずれも眠っているだけで、重傷者はいないようだ。焚き火に目をうつすと、腕ほどの太さの丸太がくすぶっていた。数時間前から、この状態をたもっているらしい。

グライダーをしずかに着陸させ、コクピットを跳びだすと、ゆっくり九名に近づく……念のため、銃をかまえて。だが、やがてだれかの鼾《いびき》が聞こえてきて、安堵のため息をついた。やはり生きていたのだ！　だが、声をかけようとしたとたん、カサルがいきなり上体を起こした。銃をかまえて、

「われわれが死んだかどうか、確認しにきたのか？」と、声をひそめてたずねる。どうやら、グライダーが飛んでくるのに、とっくに気づいていたらしい。

少佐は銃をおろして、

「救出にきたのです。万一のことを考えて、グライダーに小型発信機をかくしておいた

のでして」

カサルは銃をかまえたまま、冷淡に副官を見つめた。やがて、信用できると考えたのだろう。ようやく銃をおろし、おちついた声で、

「で、どういうことだ？　調査艦隊はどうなった？　どうやら、ホッジ提督の部下が、グライダーに爆弾をしかけたようだが」

少佐は肩を落として、

「救援物資をグライダーに積んできました。犯人は提督の部下ではありません。もっとひどい状態でして……狂気が《パワー・オブ・リーズン》を襲いました。惑星住人が全乗員を病人に変える植物をつくったのです。このままでは、全アフィリカーが生存の危機に直面するでしょう、サー！」

準提督は報告を最後まで黙って聞いたあと、三つほど質問してから、

「では、すぐにもどれば、まだ健康な者がのこっているのだな？」

「そう思われます。《パワー・オブ・リーズン》はわかりませんが、《ストレート・ソート》と《エンセファル》は間に合うでしょう。とはいえ、時間とともに数は減っていくはずです」

「わかった。すぐにスタートしよう！」

ふたりはグライダーに走り、食糧と救援物資を降ろした。そのあと、カサルが全員を

起こす。グライダーの定員は七名なので、ここにのこる三名を選び、

「すぐに迎えをよこす。《パワー・オブ・リーズン》までは五時間ほどだから、早ければ十時間後に。もし、それ以上かかっても、長くて数日だ。その場合は臨時の休暇だと思ってくれ。いいか？」

「もちろんです、サー！」

そのあと、七名がグライダーに乗る。操縦はカサル自身が担当した。クラットは疲れていると考えたのだろう。

スタートすると、少佐はあらためて、カタストロフィの細部を説明した。準提督はほとんど口をはさまない。おそらく、戦場を見おろし、味方がしだいに敵に寝返っていくのを目《ま》のあたりにする、古代の王のような気分なのだろう。たしかに、これはアフィリカーにとり、大打撃だといえる。しかし、それでも打開策はあるはずだった。

カサルは《ストレート・ソート》に向かった。この艦が部隊でもっとも南に位置し、しかもほかの十三隻からいちばんはなれているから。

＊

トランツ大佐の副官が、大股で藪のあいだを走ってくると、ペルトたちの前で立ちどまった。あたりには、デューケスたちも集まっている。

「大佐がお呼びです！」と、あえぎながら、「《パワー・オブ・リーズン》では、すでに三千人が治癒しましたが、《ストレート・ソート》は依然として、ブドウのうけとりを拒否しています！」

〝回復〟した乗員は、しだいに増えているはずだった。しかし、その半数は一種の硬直状態にある。アフィリカーだったときの記憶に苦しめられて、おのれの行動に責任が持てないのだ。また、だれが〝病気〟か〝治癒〟しているのかも、正確には把握できていない。つまり、状況は混沌として、しだいに危機的になりつつあるということ。

「行こう！」ペルトは勢いよく立ちあがり、レーラの手をとった。トランスレーターは副官にわたす。そうすれば、状況をデュークスにも説明できるから。ふたりはカーローにわかれを告げると、グライダーで旗艦に向かった。上空から見ると、巨艦の周囲を数千の乗員が歩きまわっているのがわかる。熱病に感染して、方向感覚を失ったような動き方だ。

下極ハッチの近くに降りる。トランツは将校団とともに、エアロックの前でふたりを待っていた。ここにいる将校は例外なく治癒しており、ペルトやレーラとも顔見知りだ。

「どうすればいいか、迷っているところだ」と、大佐は挨拶ぬきでいった。「スタートして、《ストレート・ソート》を砲撃すると通告するか、ほかの方法を考えるか……向こうは相いかわらず、応答してこない。なにかが進行しているようだ、サイワン！」

「近くまで飛んで、調べたらどうです？」と、ペルトが提案する。

「そうだな。だが、公式に命令はできない。志願者が必要だ。行ってくれるか、友フィルソン？」

「もちろんです、サー。きみはどうする、ペルト？」

「同行しよう」

数分後、ペルトが操縦するグライダーはスタートした。四座の小型グライダーだから、それほど目だたないはずである。球型艦のあいだを縫うように飛びながら、地表に出た乗員のようすを観察する。しかし、明らかに回復したと思われる乗員グループは、わずかしかいない。作戦が失敗したのではという不安がつのった。

《ストレート・ソート》に接近すると、それが確信に変わる。下極エアロック付近で軍事行動がはじまっていたのである。どういうことか、考えるまでもない。

ペルトはそれ以上は近づかず、森のあいだに着陸すると、観察をつづけた。巨大エアロックから、グライダーや自走砲が次々と運びだされ、戦闘ロボットが部隊単位であらわれる。グライダーの前には、重戦闘服を着用した部隊が整列をはじめているところだ。さらに、コルヴェットの射出準備も進んでいるらしい。

「だれかが裏切ったんだ。しかも、軍事行動で対抗する気だぞ。トランツにすぐ報告しなければ！」と、フィルソンがつぶやく。

ペルトにも、これがどれほど危険な状態か、ひと目でわかった。あらたな免疫保持者は一時的に混乱しているから、そうなったらとても抵抗できない。しかも、相手はすぐにも出撃できる態勢をととのえているのだ。

「もどろう!」若い将校はそういうと、テレカムを作動させた。ペルトはグライダーをスタートさせ、地表すれすれを飛んで、その場から遠ざかる。

そのあいだも、フィルソンは《パワー・オブ・リーズン》に報告をつづけた。だが、ほかの艦のあいだを通過すると、予想以上に状況が悪化しているのがわかる。いたるところに、武装した小グループがいるのだ。アフィリカーはどうやら、徹底抗戦を決意したらしい。

その報告は《パワー・オブ・リーズン》にパニックをひきおこした。あらたな免疫保持者はわれ先に艦から退去しはじめたのである。その結果、免疫保持者とアフィリカーの色わけも鮮明になった。つまり、逃げずにのこっている者がアフィリカーということ。やがて、艦内でもちいさな衝突が起こりはじめ、それが周辺にもひろがった。結果はまったく予測できない。もっとも、可能性はふたつだけだが。

免疫保持者がもちこたえるか、あるいはアフィリカーが優位をとりもどすか……数時間後、事態は決定的段階にはいった。《ストレート・ソート》が搭載艇やグライダーの編隊とともに、ゆっくりスタートしたのである。

7

触媒爆弾は理性の光時代よりはるか古代に、アルコン人から供給され、テラでその技術を発展させた兵器だった。この爆弾は小規模な爆発が起爆作用を起こし……つまり、触媒となり、使用した惑星や衛星に、制御不能な連続的核分裂プロセスを惹起するのである。その〝核火災〟プロセスは、使用する天体に充分な密度がある場合、決定的効果をおよぼし、しかも惑星大の天体の九十五パーセント以上が、これに該当する。

その外見は、よく古典的な威嚇の姿勢をとるテラナーに似ているとされる。製造のさいに意図したものではないが、たしかに両手をあげた人間を彷彿させるのだ。

トレヴォル・カサル、宙航日誌より

＊

トレヴォル・カサルは額の汗をぬぐい、無数の報告を次々に聞きとった。それをスクリーンに表示されるデータと比較し、着弾地点のキノコ雲にも目をやる。そこでは、病人数百名が死に、衝撃波が数ヘクタールの森林を薙《な》ぎ倒した。病人はパニックにかられて、森に逃げこんだのだ。

「そこで死ぬのがふさわしい！」それを見て、冷淡につぶやく。真の理性の勝利は、すでに明らかだった。まだ日没前である。《パワー・オブ・リーズン》から散発的な砲撃はあるが、HÜバリアをはっているから脅威にはならない。

「ヘイリン！」と、声をはりあげる。クラットが駆けつけてきて、直立不動の姿勢をとった。準提督は完全に指揮権をとりもどしている。

「サー？」

「きみは腹心だと考えている。トランツと病人二名は、もう捕らえたか？」

「作戦部隊からは、まだ連絡がありません」

「よろしい。なにかわかったら、すぐ知らせてくれ」

「もちろんです、準提督！」

部隊には、非常事態が宣言され、《パワー・オブ・リーズン》の上空を飛ぶグライダーは一掃された。アフィリカー部隊が病人のものとみなして、すべて撃墜したのである。食堂にあったブドウは、すべてコンヴァーターに送りこまれた。ほかの十二隻でも、仮借ない〝浄化〟がつづいているはずだ。これにより、貴重な専門家多数を失ったが、理性の光の存続はすべてに優先される。百人の病人よりアフィリカーひとり、千名の病人より同数の死者のほうがましだ。

「数百名の昇進を発表しなければならないな」と、つぶやく。すでに勝利を確信しているのだ。信頼できる部下たちは、期待どおりに動いていた。もっとも、それも当然だが。遠征飛行のあいだじゅう、乗員の思考をチェックし、分析をおこたらなかったのは、そのためだ。

もちろん、あらたな病人はまだたくさんかくれているはずだ。おのれの身を守るために、本心をかくし、アフィリカーをよそおって。だが、最終的にはその乗員をあぶりだせるだろう。

司令シートにすわったまま、スイッチに手を伸ばして、

「爆破部隊！」と、呼んだ。

スクリーンが明るくなって、搭載艇の司令室がうつる。

「サー！」

「ただちに出撃し、命令を実行するのだ。一時間以内に結果を報告してもらいたい！」

「了解！」

スクリーンが暗くなるのと同時に、搭載艇が射出された。目標は小人の町セランガルを見おろす、円錐型の岩山だ。そこでは、特殊部隊とロボットが作業をつづけている。

なにをしているのかは秘密である。

「追撃コマンド指揮官！」と、次の腹心を呼んだ。この男は掃討戦などで、ずばぬけた才能を発揮する。いくら困難な任務でも、あっさりやりとげるのだ。もちろん、その実績とはべつに、信頼にたりるかどうか、これまでくりかえしチェックしてきたが。

「病人の前線部隊は崩壊しました。病人は西の森に逃げこんでいます」

「よろしい。逃走を阻止する必要はない。それより、《パワー・オブ・リーズン》奪回に集中するのだ。トランツと虜囚二名の逮捕が最優先だ」

「了解！」

《パワー・オブ・リーズン》は地上と空から、完全に包囲されていた。その乗員のうち、すくなくとも三千名が病人となって逃走した。徒歩か、あるいは過積載のグライダーに乗って、森林に逃げこんだはず。かれらを追っても無意味だし、その余裕もない。それより、いまはホッジ提督のことを考えるほうが先だ。この惑星のことを、提督に知られるわけにはいかなかった。もし知られたら、逃避派が勝利をおさめることになる。

あらたな報告がはいってきた。ヴァール・トランツと病人二名が、《パワー・オブ・リーズン》で逮捕されたのだ。

「わかった。これで終わりだな」と、つぶやく。

幕引きはすでに用意してあった。こういうことは、偶然にまかせるわけにいかない。

細部まで、きわめて重要なのだ。ふたたび、スクリーンを切り替えて、岩山の作業状況を確認した。それをしばらく眺めたあと、外側スピーカーの音量を最大にするように命じ、マイクをとる。

おちついた、冷淡な声で、

「わたしはトレヴォル・カサルだ。惑星住人に告げる。諸君はわたしの乗員に、忌むべき病気を故意に蔓延させた。今後、一度でもそのような事例が報告された場合は、この惑星を破壊する。どういう意味か、諸君にもわかるはずだ」

そこでひと呼吸おく。クラット少佐が小人種族の言語データを、《パワー・オブ・リーズン》の艦載ポジトロニクスから回収し、《ストレート・ソート》のトランスレーターに組みこんでおいた。だから、この一帯にいる小人たちは、いまの通告を完全に理解したはずである。

「その証拠に、山腹の台地に爆弾を設置した。わたしが本気だという証拠だ。爆弾は点火すると、惑星を二十分で焼きつくす。

逃亡した病人はよく聞け。これは触媒爆弾だ。その作動原理と破壊力を、新しい友たちに教えるのだな。もちろん、わたしの部隊は点火後すぐにここからスタートする。

惑星シグナルの住人は、この警告を忘れるな。今後は常識ある行動をとるものと確信している。以上！」

最後の言葉が小人の町や、周辺の森に響きわたった。

準提督は《ストレート・ソート》艦長に着陸を命じ、グライダーを用意させる。最後の軍事法廷を、みずから指揮しようというのだ。

＊

カサルとクラットはならんで《パワー・オブ・リーズン》に向かった。クラットが小声で説明にあたる。

「この付近にいるテラナーは、全員がアフィリカーです。病人はすべて逃走したか、死にましたから」

カサルは眉ひとつ動かさず、煙をあげる破壊口や大破したグライダー、警戒にあたる戦闘ロボットを眺めた。

「病人の抵抗は組織的ではなかったようだ」と、つぶやく。「準備はどうだ？」

「わたし自身がすべて手配しました」

実際、少佐はカメラ、中継システムからポジトロニクスのケーブルにいたるまで、完璧にととのえていた。舞台になるのは《パワー・オブ・リーズン》の下極エアロックだ。防御バリア・プロジェクターが輝き、戦闘ロボットが周囲を封鎖している。

そこにいるのは、ヴァールル・トランツ大佐と病人二名のほか、将校四名だけだった。

〝被告〟三人はカサルを見ても、表情を変えない。戦闘ロボットが左右に動いて、道を開けた。これからの出来ごとは、すべて撮影され、編集したうえで、十四隻に配信されることになっている。

カサルは立ちどまると、三人をにらみつけた。いつもの疑問が脳裏をよぎる。なぜ病人はアフィリカーにそむくのか？

「わかっているな」と、トランッに声をかけた。「この事件では、見せしめが必要だ。諸君は罪をおかした。逃走すらしないとは。おろかだったな！」

意外なことに、大佐も病人ふたりも、おびえたようすを見せない。

「わかっている」と、トランッがおだやかに、「きみには、なにも理解できない……自分になにが欠けているかも」

レーラ・ポインターがサイワン・ペルトにしがみついた。準提督はそれを見て、クラットを振り返り、

「われわれ、蛮人ではない。その女を連れていけ」

少佐は将校に合図し、そのひとりがポインターの腕をつかんで、背後に連れていく。

カサルはポジトロニクス要員に合図した。

「告訴はプログラミングしたか？」

キイボードの前にすわる男がうなずく。

「では、判決を！」

ずらりと設置した機器が動きだし、スクリーンに文字列が浮かびあがった。スピーカーから機械音声が響いて、起訴理由を朗読し、法律の条文を読みあげ、最後に判決を発表する。

「被告三名は有罪である。起訴理由の犯罪ならびに違反行為に対する刑罰は、死刑以外にない。この判決は以下の条文にもとづき……」

ポジトロニクス要員は音声をしぼった。

「判決は聞いたな？　なにか申したてることは？」

「なにもない」と、大佐が応じる。クラット少佐が手をあげ、周囲の防御バリアが強度を増した。同時に、戦闘ロボット二十体が武器アームをつきだす。射撃はシンクロされているはずだ。

「刑を執行せよ！」準提督はそう命じると、熱波を避けるため、数歩後退した。次の瞬間、その背後で動きがある。ポインターが度を失って暴れだしたのだ。

「いやよ！」と、甲高《かんだか》い声で、「ふたりを殺さないで！　サイワンを失ったら、もうなにものこらないわ！　ロボットをとめて……」

カサルが顎で合図すると、警備兵がパラライザーで女を眠らせた。

「撃て！」

ロボットの武器アームがうなりをあげ、エネルギー・ビーム四十条が被告ふたりに集中する。ふたりは熱さを感じるひまもなく、即死したはずだ。一帯は灼熱地獄と化したが、それも数十秒しかつづかない。やがて、バリアが解除されると、作業ロボットがまだくすぶる死骸をかたづけた。コンヴァーターに投げこむのだ。

「必要な処置だった」と、カサルはカメラに向かって、「これで惑星シグナルに平穏がもどる。きみには特別休暇をあたえたいところだが、ヘイリン。しかし、まだ有能な部下が必要なのだ」

「ホッジ提督のことでしょうか?」

「そのとおり。ただちに《ストレート・ソート》でスタートしよう。ホッジの先手を打たなければ!」

「同行させてください。極地にのこった三名も、すでに救出ずみです」

「よろしい。では、すぐに準備をととのえてくれ」

目標は惑星オブジェクト3だ。数時間後、一行は《ストレート・ソート》にもどり、惑星シグナルをはなれる。若い準提督は、すでに行動計画をたててあった。

*

レーラはサイワンが死ぬ夢をみて、目をさました。射撃音の残響が耳にのこっている。

顔に雨が降りかかった。その日の夕方、ドーネーやカーローが巨艦の下に転がっているテラナーを発見し、町に運んできたのだそうだ……本人はそのことを、まったくおぼえていなかったが。

全身がびしょ濡れになるのもかまわず、立ちあがって、近くの木の根もとに移動する。サイワンは死んだ。愛してくれる者はもういない。

愛することができない以上、自分の人生も終わった。サイワンのいない世界には、なんの意味もない。あの人殺しの犯罪者が、すべてを無意味なものにしてしまった……レーラは正気を失っていた。サイワンの死の原因になったすべてに対し、破壊的な憎悪を感じる。よろめきながら、歩きだす。

稲妻が黒い雲を切り裂き、町を明るく照らしだした。雨はなおも降りつづいている。やがて、女は足を早めた。なにかに駆りたてられるように、小走りになり、ついには全力で駆けだす。

どこをめざしているかは、自分でもわからない。

ただ、復讐を誓っているだけで。復讐……！　サイワンを殺し、自分の愛を殺した者を、滅ぼすのだ！

体力を使いはたして、走るのをやめ、しのつく雨のなかをとぼとぼと歩きつづける。本能か、あるいは狂気に導かれ、わき目も振らず、細い道や階段をぬけ、広場や通りを横ぎり、橋をわたり……やがて、長い斜面を登りはじめた。ずぶ濡れで、震えながら、悪霊にかりたてられるように。

錯乱した心を支配しているのは、恐怖やパニックではなく、復讐心だけである。もはや、おのれの肉体も意識していない。さらに山道を登りつづけるうち、嵐が通過し、雨がやんだ。稲光と雷鳴も遠ざかっていく。

真夜中すぎに、ついに台地にたどりついた。かすかな星明かりの下、金属製の人形のようなものが見える。

錯乱していても、それが爆弾だとわかった。復讐しなければ！　爆弾はアフィリカーを罰するだろう。かれらがサイワンを滅ぼしたように、爆弾がアフィリカーを消滅させる。

そのあと、二時間かけて岩場を登り、とうとう爆弾にたどりついた。手足は血まみれで、衣服はちぎれ、目はうつろである。時間とともに、狂気がすべてをおおいつくし、自制と理性のダムが決壊して、理性の最後の残滓も流し去ってしまった。

それでも、復讐の念にかられて動きつづける。復讐……いまや、この言葉、この概念がすべてだった。本能だけで点火ボックスにたどりつき、その前にひざまずく。ほとんど全裸で、全身が血まみれだ。もしテラナーがその姿を見たら、邪神に仕える巫女《みこ》だと思ったにちがいない。

震える指で安全カバーをはずし、背後に投げ捨てた。なかに手をつっこんで、ハンドルを探りあて、力いっぱい揺さぶって、とうとう百八十度回転させる。

ただちに爆弾本体から低い音が響いた。

赤いランプが点灯。

時限装置が動きはじめる。もう停止させることはできない。

触媒爆弾は所定の時間に起動する。

「復讐したわ、サイワン……」と、レーラ・ポインターはささやいた。次の瞬間、いままでその行動をささえてきた、狂気のエネルギーがとぎれる。足もとがふらついて、バランスを失い、岩場から落下し……女はそのからだが台地にたたきつけられる前に、すでにこときれていた。

*

ホッジ提督麾下の第一部隊は、オブジェクト3周辺宙域に集結していた。その一部はすでに着陸している。だが、遠距離探知の結果だけ見ても、この惑星がプシオンと同様、人類の生存条件を満たしていないのは明らかだ。

《ストレート・ソート》はリニア飛行を終えると、制動を開始しながら、《ビューティー・オブ・ロジック》にコースをとった。

「冷たい歓迎をうけるだろうな」と、トレヴォル・カサルがつぶやく。「ホッジ提督は自制心があるが、この惑星を調査して、失望のどん底にあるにちがいない」

「先ほど、長文のテキストを受信しました。惑星シグナルの報告についてでしたが」

準提督は平然と、

「ホッジのことだ。報告の内容に関して、査問委員会を招集するつもりだろう」

「わたしはあくまで、あなたを支持します！」と、クラットはいった。

やがて、《ストレート・ソート》が旗艦のわきに着陸する。あとの手順はいつもどおりだ。用意したグライダーでエアロックを飛びだし、短い飛行のあと、旗艦のエアロックに降りた。予想どおり、出迎えは冷ややかである。準提督とその副官はすぐ会議室に案内された。だが、大ホールにはいったとたん、これが査問委員会などではないとわかる。

提督は長くその地位を維持していた。今回も、老練なアフィリカー軍人として、周到な準備をととのえていたようだ。

つまり、軍法会議を招集していたのである。

ここでは、ポジトロニクスではなく、人間が人間を裁く。さすがのカサルも、しばらく言葉を失った。長い沈黙のあと、エンクヘル・ホッジが立ちあがる。椅子をさししめして、

「すわってよろしい、準提督。では、軍法会議を開廷する。罪状は明らかで、短時間で結審するはずだ。さて、トレヴォル・カサル準提督。きみは以下の容疑で告発されている。

第一。艦隊の服務規定にしたがって、艦隊の四千人以上が病気に感染するのを防げず、いまもってその欠員を埋められていない。

第二。病人の叛乱を未然に防げず、武力でしか鎮圧できなかった。それにより、きわめて貴重な人材が数多く死に、あるいは病人として逃走する結果となっている。

第三。きみの無思慮な行動により、アフィリカーはとほうもない危険に直面することになった。具体的には、アフィリカーを〝治療する〟と称する薬品が、存在することになってしまった。

以上について、弁明をもとめる！」

カサルは告発を聞くうち、恐怖をおぼえはじめた。たしかに、責任をとらなければならない問題だ。しかし、命をかけるとは思ってもいなかった。このままでは、自分もトランツたちのように死刑にされてしまう。

なんとかして考えをまとめようとするが、うまくいかない。自制をたもつだけで、せいいっぱいである。隣りに立つクラットに視線をやったが、やはり表情をこわばらせていた。意を決して、なんとか口を開く。

「この告発は、間違った前提からスタートしています、提督。感染を防げなかったのは、そもそもあなたの部下が、わたしの乗るグライダーに破壊工作をほどこしたからです。したがって、あなたを殺人未遂で告発します！　部下をふくめ、九名が死の危険にさらされました！」

老提督は啞然としたが、すぐにかぶりを振って、

「よろしい。その嫌疑を調査する、査問委員会を設置しよう。もちろん、そういうばかげたいいわけを、信用する者はいない……そう確信しているが」

クラットが手をあげた。

「なにか？」

「わが上官トレヴォル・カサルには、処理すべき問題が無数にあり、すべてに目を配るのは不可能でした。そこで、副官であるわたしが補佐してきたわけですが……そこで興味深い事実を把握しました。正直に申しあげて、あなたにとり、不都合な事実でありますす、サー。

あなたは自分の計画を有利に進めるため、カサルを遠ざけようとしました……遺憾ながら、承知しているのです！　カサルをシグナルに追いはらったのは、提督ご自身でした。もし、カサルが命令にしたがわない場合は、十四隻で叛乱を起こしたとして、三万八千の乗員とともに抹殺しようと考えたのでしょう。そうすれば、レジナルド・ブルと

政府の支持を得られ、同時に政敵を亡き者にできるというわけです！」

ホール内が重苦しい沈黙につつまれる……一介の少佐の、なにひとつ証明できない告発だったにもかかわらず。だが、その直後、沈黙はけたたましいブザー音に破られた。インターカム・スクリーンが明るくなり、

「たったいま、ハイパーカムによる報告を受領しました。きわめて重要な事項ですので、そちらにそのまま送ります。惑星シグナルに関するものです」

つづいて、記録したばかりの映像報告が、大スクリーンにうつしだされる。送信者の最初の叫び声を聞いただけで、ホールは騒然となった。男の声は死の恐怖に震えていたのだ。

「惑星が……爆弾で……

ルーチン調査の途中で、爆弾が点火されたのに気づきました……小人の町は触媒爆弾で……すぐに警報を発し、全部隊が緊急スタートを試み……充分に高度をとることができず、一隻は横転して、湖に墜落……もはや、猶予は数分しかありません。おそらく、全員が死ぬでしょう。小人も、惑星も……

退避できません！　艦隊は脱出を試みていますが、全員が死の恐怖で錯乱しているのです！

核火災が迫ってきました。あと数分で……地上には、まだコマンドがのこって……

助けてください！

いやだ！　まだ……」

悲鳴がとぎれ、映像が揺れた。男が倒れたところを見ると、衝撃波が襲ってきたのだろう。あとは司令室の全景がうつるだけだ。ますます雑音がひどくなり、数秒後、スクリーンが真っ白になる。核火災が艦の外側カメラに到達したのだろう。

その先は推測するしかないが、核火災は原住種族の町を焼きつくし、海を蒸気に変え、陸地を溶解させたにちがいない。

クラット少佐は興奮をあらわに、提督に指をつきつけ、

「これで目的を達したわけだ！　十三隻が失われ、惑星も破壊されてしまった。犯罪者はカサルではない。あなただ！」

また怒声が錯綜する。

カサルはこれが最後のチャンスと見てとり、必死で考えをめぐらせた。立ちあがると、大きく息を吸いこんでから、

「ホッジに疑念を抱く全将校に呼びかける！　この指揮官のもとでは、だれがいつ謀殺されてもおかしくない……いま見たとおりに！　十三隻と三万八千の人命、さらに有望な疎開惑星が失われた！　提督の弾劾と、軍事法廷の開催を要求する！」

ホッジは銃をぬこうとしたが、一将校が跳びついて、すぐに武器をもぎとった。

「裁判だと？　おろかな！」と、老提督がどなり、それに賛成する声がつづく。ホール内はふたつのグループにわかれ、いまにも正面衝突が起こりそうだ。

準提督はほっとした。とりあえず、窮地を逃れられたようだ。とはいえ、この状況では、いつ背後から頭を撃ちぬかれてもおかしくなかった。それに、この混乱がおさまらないうちに、次の一手を考えなければならない。

裏切り者はバリケードの背後にとびこんで、安全を確保すると、また作戦を練りはじめた……

あとがきにかえて

天沼春樹

一九二九年、昭和四年の八月十九日、ドイツの硬式飛行船ツェッペリン伯号が日本に寄港し、日本中を熱狂させたことは、この「あとがきにかえて」にも書いたことがある。ちょうど八十周年になる二〇〇九年八月十九日に、ツェッペリン飛行船の子孫ともいうべきハイテク飛行船に乗って、八十年前と同じ飛行コースで、霞ヶ浦から東京、そして横浜にむかう再現フライトが行なわれることになった。私はそのフライトに搭乗し、船内で当時の様子を講演する機会を持つことができた。

再現フライトは二回。当日にさきがけて、取材の朝日新聞と産経新聞の記者、それに当時ドイツから日本までの空路に搭乗していた藤吉直四郎海軍少佐の御令嬢おふたりを招待してのプレ・フライトが行なわれ、当日には私の歴史ナビゲーターつきの本フライトがあった。本フライトには、日本からアメリカへの飛行に搭乗していた柴田信一陸軍少佐の御子息夫妻を招待した。

八十年前のこの日、ツェッペリン伯号は、サハリン西の沿岸を南下し、北海道から太平洋に転舵。三陸海岸ぞいにさらに南下し、金華山沖で、出迎えの大阪朝日新聞社の取材機と遭遇した。霞ヶ浦上空に一度姿をみせ、そのまま東京から横浜港上空を表敬飛行をしたのち、再び霞ヶ浦をめざし、夕刻六時三十分、霞ヶ浦海軍航空隊基地に着陸した。今回の再現フライトは、霞ヶ浦から横浜のコースを約三時間のフライトで再現することになっていた。高度も飛行ルートも当時のままである。ただし、気象状況から午前十時三十分離陸とした。八十年前の同日の天候は午前中は薄曇り、午後から日が差して明るくなったとある。二〇〇九年の今日は、夕方から雲が出て降雨の予報が出ていた。それに夏場は、夕方からの雷雨なども要注意だった。

埼玉県桶川のホンダ飛行場を離陸し、一路霞ヶ浦にむかう途上、私は乗客にむかって、「私たちは、これから八十年の時間旅行をすることになります!」と、宣言した。もちろん、眼下の風景は、平成二十一年の日本である。しかし、霞ヶ浦、荒川、隅田川、浅草寺、上野公園、東京駅、皇居といったランドマークをたどっていくと、この八十年の歴史が残したもの、消し去ったもの、そして新たに現れつつあるものがおのずと感慨深く眺められるのではないかと思ったのである。ツェッペリン伯号が巨軀を休ませた霞ヶ浦海軍航空隊基地にあった奥行き二百四十メートル、全高三十五メートルの大格納庫も解体されていまはない。自衛隊の基地内に記念碑が残っているだけである。ただ、霞ヶ浦は今日も滔々と水をたたえて横たわっていた。この湖は、いつ眺めてもツェッペリン飛行船の故郷ドイツのボーデン湖によく似ている。

かくして、記念フライトはこの湖を起点として、格調高い私のトークで始まったわけである。ところが、スタートして十分ほどしてからのことだった。

「なんだ、あれは？」

映画『東京行進曲』（昭和四年五月封切り）とか、昭和恐慌とか、当時の世相を知ったかぶりで語っていた私は、突然、視界にとびこんできた巨大な黒い影におもわず話を中断した。霞ヶ浦から牛久にむかう空中から、前方にダイダラボッチのような人影が見えたのだ。私の大声に副操縦士がふりかえって、「先生、あれが牛久大仏ですよ。立ち姿で高さが百二十メートルだそうです」と、教えてくれた。百二十メートルの大仏だって？　あの東海道線ぞいにある大船観音（後で調べたら全高約二十五メートル）よりでかいのか？　リオデジャネイロ、コルコバードの丘の上のキリスト像か。（これも後で調べたら高さ三十メートル、それほど大きくなかった）。牛久大仏おそるべし。いったいいつのまに？　一九九三年に完成したそうだ。像高だけでも百メートルあり、アメリカの自由の女神（頭までの像高、三十三・八六メートル）のざっと三倍といったら、想像がつくだろうか。ビルディングなどの建築やテレビ塔はともかく、なんであんなでかいものを人間は作りたがるのだろう。信仰の力だな。ツェッペリン伯号は、全長二百三十六・六メートル、私が乗っているツェッペリンNTは七十五メートル。なにやら大きさ比べのようだが、こういうスケールの大きな話は大好きなのだ。後日、地上から牛久大仏を見物に行こうと決意した。

飛行船が都内上空、隅田川を越えようとしたとき、次に眼をひかれたのが、建設中の新東京タワー、スカイツリーだった。これは地上六百三十四メートルの高さとなる予定で、電波塔としては世界一のタワーとなるそうだから、まさに桁はずれだ。そういえば、ツェッペリン伯号が寄港するまえにあの「凌雲閣」、浅草十二階（高さ約五十二メートル）が、関東大震災で大破して取り壊されたことを思いだした。

さらに、上野の不忍池、東京大学、東京駅と当時の飛行コースのままに飛んでいくと、次は昭和の誇り「東京タワー」、六本木ヒルズといったランドマークが足もとに現れる。そして、最後に横浜ランドマークタワー（二百九十五・八メートル）が待っていた。

八十年前の東京上空のツェッペリン伯号の写真を見ると、高いビルディングは日本橋近辺の百貨店にとどめをさすくらいのものだった。八十年という歳月は、電波塔や摩天楼の移り変わり、人間のあくなき天への欲望を感じさせるものでもあった。これも後で調べたことであるが、アラブ首長国連邦では、尖塔の高さにして八百十八メートルにもなるブルジュ・ドバイなる超高層ビルが建設中だそうだ。考えるだけでもめまいがしてくる。けれども、「超音速や超高層ばかりが人類の幸せにつながるとは思えないなあ」などと、地上三百メートルをゆっくりと飛行するのどかなツェッペリン贔屓の私などは、つい思ってしまうのであった。ツェッペリン伯号飛来八十周年記念フライトは、そんなことも考えさせてくれたものだ。

飛ぶといえば、本巻の後半で、テラナーのホッジ提督の遠征艦隊を襲った吸血蝶が登場したが、こちらはとても平和な存在ではなかった。蝶の数え方は、博物学の伝統による「一頭、二頭」という表記を編集部と相談して用いた。標本をone head, two headsと数えた欧米式の習慣にしたがった表記らしいが、獰猛なこの蝶にはふさわしいような気もする。

なお、後半の話ではレジナルド・ブルがアフィリーとして登場しているが、三五三巻『インペリウム＝アルファからの脱出』で、すでに非アフィリー化されたはずと、とまどう読者もおられると思う。三五三巻の話は、三五八〇年八月のことで、本巻後半の話は三五八〇年七月の時点での話であることを、お断りしておく。

最後に、テラのギャラクシス級超弩級戦艦の直径は二千五百メートル。もう比較の対象がない。

編集部からのお知らせ

都合により、依光隆氏の本文插画は休載いたします。

〈宇宙英雄ペリー・ローダン〉シリーズは、二〇一〇年一月発売の第三六八巻より、毎月二巻、上旬と下旬に各一巻ずつ刊行いたします。

訳者略歴　1953年生，1982年中央大学大学院博士課程修了，中央大学文学部講師　著書『夢みる飛行船』他　訳書『異次元からの災厄』エーヴェルス&ダールトン（早川書房刊），『グリム・コレクションⅠ～Ⅲ』他多数

HM=Hayakawa Mystery
SF=Science Fiction
JA=Japanese Author
NV=Novel
NF=Nonfiction
FT=Fantasy

宇宙英雄ローダン・シリーズ〈366〉

ベラグスコルス強奪《ごうだつ》

〈SF1731〉

二〇〇九年十一月十日　印刷
二〇〇九年十一月十五日　発行

（定価はカバーに表示してあります）

著者　ウィリアム・フォルツ　ハンス・クナイフェル

訳者　天《あま》沼《ぬま》春《はる》樹《き》

発行者　早川　浩

発行所　株式会社　早川書房

郵便番号　一〇一 - 〇〇四六
東京都千代田区神田多町二ノ二
電話　〇三 - 三二五二 - 三一一一（大代表）
振替　〇〇一六〇 - 三 - 四七七九九
http://www.hayakawa-online.co.jp

印刷・信毎書籍印刷株式会社　製本・株式会社川島製本所
Printed and bound in Japan
ISBN978-4-15-011731-3 C0197